KB078505

天魔神教 洛陽本部

천마신교 낙양본부

천마신교 낙양본부 22

정보석 新무협 판타지

초판 1쇄 찍은 날 § 2022년 3월 17일
초판 1쇄 펴낸 날 § 2022년 3월 24일

지은이 § 정보석
펴낸이 § 서경석

편집책임 § 이준영
디자인 § 노종아

펴낸곳 § 도서출판 청어람
등록번호 § 제387-1999-000006호
등록일자 § 1999. 5. 31
어람번호 § 제2-2905호

본사 § 경기도 부천시 부일로 483번길 40 서경B/D 3F (우) 14640
편집부 § 서울시 구로구 디지털로 272 한신IT타워 404호 (우) 08389
전화 § 02-6956-0531 팩스 § 02-6956-0532
http://www.chungeoram.com
E-mail § chungeorambook@daum.net

ISBN 979-11-04-92423-1 04810
ISBN 979-11-04-92204-6 (세트)

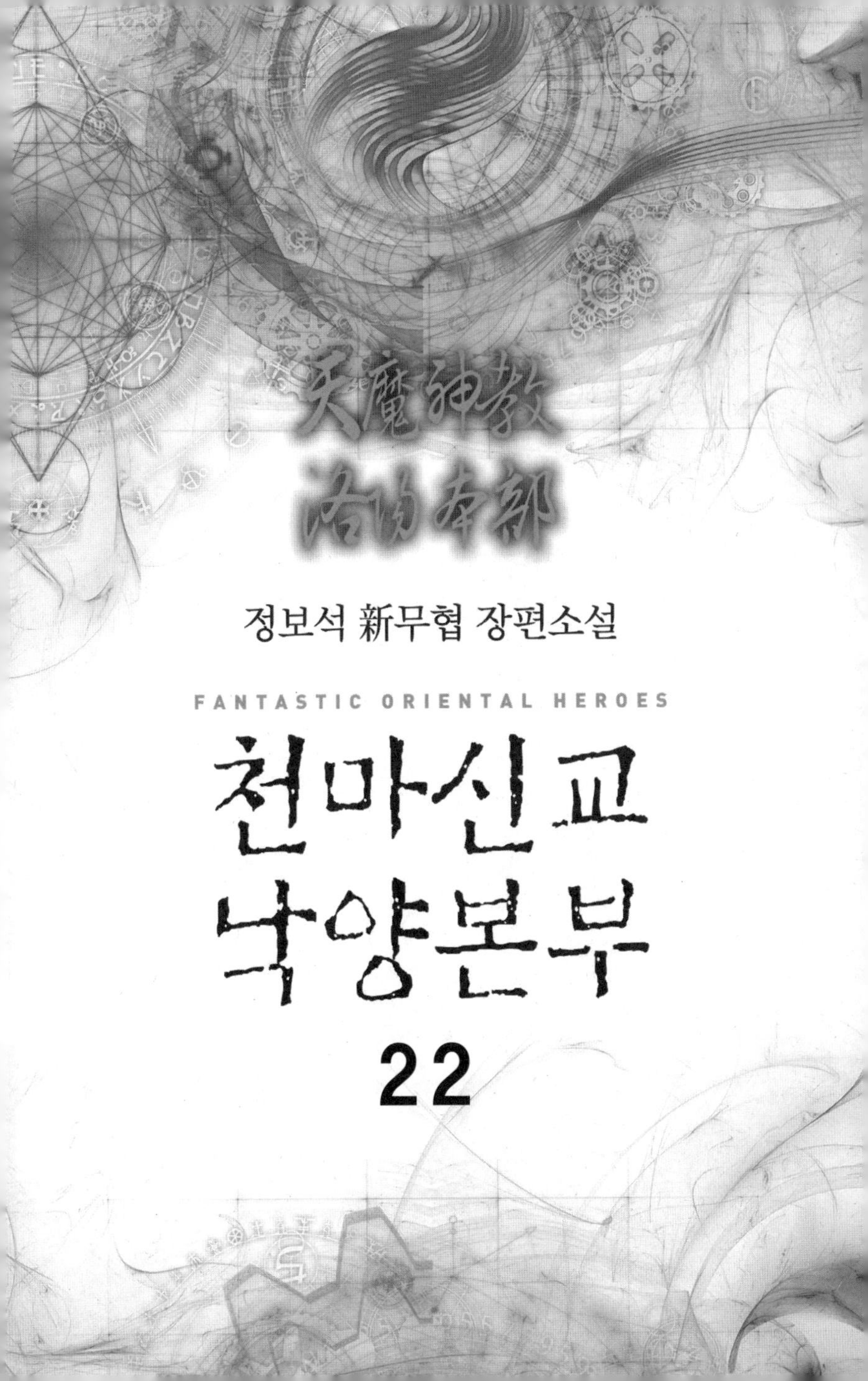
天魔神教
洛陽本部
정보석 新무협 장편소설
FANTASTIC ORIENTAL HEROES
천마신교
낙양본부
22

天魔神教 洛陽本部

천마신교
낙양본부

次例

第一百六章

번쩍이는 빛.

그것은 한낱 잿더미가 된 무림인들이 본 마지막 광경이었다.

태양보다 강렬한 빛이 전장 한가운데 뚫어 놓은 구멍엔 살아 있는 것이 없었다.

죽은 이는 대부분은 마인이었으나, 그들과 얽힌 채로 전투하던 몇몇의 백도인들도 있었다. 강렬하기 짝이 없는 빛은 흑도와 백도를 전혀 구분하지 않고 닿은 모든 것을 세상에서 지워 버렸다.

"……."

"……."

그 광경에 무림인들은 모두 넋을 잃었다.

수없이 많은 무림인이 한데 모여 전쟁을 벌이는 것은 오랫동안 무림에서 살아남은 노강호들에게도 흔치 않은 일이다. 그래서 이번 전투에 참가한 천마신교의 마인이나 청룡궁의 백도인 중 누구도 이번 전쟁의 양상을 확실히 예상할 수 있던 사람은 없었다.

초고수의 무공 앞에 손써 보지도 못하고 죽을까?

아니면 모든 이들이 합공하여 의외로 쉽게 상대할 수 있을까?

행여나 고수를 죽여 이름을 날릴 수 있을까?

경험을 바탕으로 한 추측만이 있었을 뿐이다.

하지만 그 모든 상상 중 사람이 잿더미가 되는 건 없었다.

현실은 종종 상상을 훌쩍 뛰어넘는다.

징— 징— 징.

광선포에서 또다시 소리가 울리기 시작했다.

그러자 모든 마인들의 얼굴에 공포가 서리기 시작했다.

그 미지의 무공은 서가령, 후간해, 흠진 그리고 신균 같은 고수조차 두려움에 떨게 했다.

"인간이 일순간 잿더미가 되다니……."

"도대체 어떤 수준의 장풍이란 말인가?"

"입신임이 분명해, 입신임이……."

다들 단전에 모아 두었던 모든 마기를 최고조로 끌어 올렸다. 그리고 전신에 내력을 돌려 보호했다.

찌이잉-!

광선은 후잔해에게 발사되었다.

순간 앞쪽이 번쩍이나 싶더니, 전신에서부터 강렬한 화기가 느껴졌다.

후잔해는 이를 악물고 마공을 극성으로 발휘하여 그 화기에 대항했다.

그렇게 숨 한 번 쉴 정도의 시간이 지나자 광선이 사라졌다.

치이익.

후잔해가 입고 있는 의복은 재조차 남기지 않고 사라졌다. 그의 피부는 그 겉이 완전히 타들어 가 검고 붉게 일그러져 있었다.

하지만 후잔해의 눈빛은 더욱 투기로 빛났다.

그는 큰 목소리로 외쳤다.

"순수한 화기뿐이다! 그 안에 무공의 묘리 같은 건 없다! 내력으로 몸을 보호하면 충분히 이겨 낼 수 있다!"

그렇게 외친 그는 앞을 바라보았다.

이미 그의 주변은 완전히 초토화되어, 그는 뜻하지 않게 홀로 남아 있었다.

그는 앞으로 달려 나가며 또다시 외쳤다.

"또한 피아를 구분하지 않는다! 적에게 섞여 들어가라! 모두!"

그 말을 들은 초마급 마인들은 이내 평정심을 되찾았다.

무공의 묘리가 숨겨져 있지 않은 화기라면 말 그대로 자연현상 중 하나인 '뜨거움'일 뿐이다. 인간의 의지가 집약되지 않았으니 내력의 질을 전혀 따질 것 없이 오로지 양으로만 승부하면 이겨 낼 수 있다.

그리고 마인은 마공 특성상 내력이 많다.

서가령과 흠진, 신균 그리고 몇몇 초마급 마인들은 빠르게 경공을 펼쳐서 청룡궁의 무리에 파고들었다.

이내 마인들도 그들을 따라갔다.

하지만 광선포가 가만히 기다려 줄 리 만무했다.

지이잉—!

광선은 미처 백도인들과 섞이지 못한 후방 일대의 마인들을 넓게 쓸었다.

"크하악!"

"으아악!"

빛이 살짝 지나가 전처럼 반응도 못하고 잿더미가 되진 않았다.

하지만 전신에, 특히 눈에 화상을 입은 마인들은 모두들 땅을 구르며 고통을 호소했다.

매우 짧은 시간이었으나, 무력화되는 마인들이 기하급수적으로 늘어났다.

그런데 빛이 중간 지점까지 도달했을 때, 갑자기 그 각도가 위를 향했다. 때문에 그 궤도에 놓인 채 꼼짝없이 당할 뻔했던 마인들은 안도의 한숨을 쉬었다.

"왜, 왜지?"

그들이 광선포가 있는 산 능성을 보았다.

어느새 그곳에 도달한 운정이 영령혈검으로 광선포를 베어내고 있었다.

쾅-!

강력한 폭발음과 함께, 광선포가 터져 버렸다.

운정은 위로 훌쩍 뛰어서, 그 폭발로 벗어난 뒤에 다시 그 옆으로 착지해 섰다.

그의 앞에는 두 사람이 있었다.

한 명은 기계 장치를 몸에 두른 황복 차림의 소년이었으며 다른 한 명은 거대한 창을 들고 말에 탄 청년이었다.

운정이 말했다.

"조월서 그리고 조월산. 맞습니까?"

조령령의 남동생인 조월서가 앞으로 한 발을 내디디며 그에게 말했다.

"저번과 같지는 않을 것이다."

그렇게 말한 그는 양손을 위로 뻗었다.

그러자 그의 몸에서 무의 기운이 뿜어져 나와 그 일대를 뒤덮었다.

모든 기운이 멈추자, 운정의 주위에 가득했던 선기조차 사라졌다.

운정이 그 조월서와 조월산을 번갈아 보며 말했다.

"이번 전투를 이끄는 사람이 누굽니까? 전 그에게 항복을 받을 것입니다."

조월산이 투지가 불타는 눈빛을 하고 말했다.

"내가 이들을 이끌고 있다. 한데 나에게 어떻게 항복을 받을 것인가? 나 하나를 상대로도 버거워하지 않았던가?"

운정은 영령혈검을 앞으로 뻗었다.

"그때보다 더 많은 깨달음이 있었습니다. 두 분이서 합공한다 하더라도 이길 것입니다."

조월산은 팔짱을 끼며 차갑게 말했다.

"넌 절대로 우릴 이길 수도 없거니와, 설사 우릴 이긴다고 해서 전쟁을 멈출 수는 없을 것이다."

"……."

운정이 가만히 눈초리를 모으자, 이번엔 조월서가 말했다.

"이해하지 못하나 보군. 저들이 과연 청룡궁을 진심으로 섬기기에 전쟁에 나섰다 보느냐? 결코 그렇지 않다. 저들은 구파일방과 오대세가 그리고 천마신교와 같은 구시대의 무림 문파들을 모두 무너트리고 그 위에 서고 싶어 하는 자들이다. 이른바 새 시대의 주인이 되고자 하는 것이지."

"……."

"그뿐이랴? 백도와 흑도 간의 골은 너 한 사람이 해결할 수 없을 만큼, 깊고 또 깊다. 그렇지 않았다면, 우리 청룡궁이 애초에 왜 백도인들을 이용하여 천마신교를 공격했겠느냐? 별로 부추길 것도 없이 싸울 기회만 만들어 주면 알아서 전쟁하리라는 것을 미리 알았기에 그런 것이다."

"……."

조월서의 말이 끝나자, 조월산이 발로 말을 살짝 찼다. 그러자 말이 옆으로 움직였고, 이내 조월산은 장창을 한 번 넓게 휘두르며 자세를 잡았다.

"그러니, 운정 도사. 헛된 기대를 하지 말고 검을 뽑아라. 우리는 네게 갚아야 하는 수치가 있다."

운정은 고개를 저었다.

"당신들의 말이 사실이라면, 내겐 당신들과 싸울 이유가 없습니다. 당신들을 이긴다 한들 전쟁을 막을 수 없기 때문입니다."

운정이 미련 없이 절벽 아래로 내려가려는데, 놀랍게도 그의 앞쪽 허공에 한 여인이 있었다.

그 여인은 전에 호수 위에 떠 있었던 것처럼, 절벽 밖 공중에 부유하고 있었다. 한 가지 다른 점이 있다면, 그녀의 몸을 띄우는 기계 장치의 크기가 삼분지 일로 줄었다는 점이다.

그녀가 빠르게 말했다.

"그 말이 사실이라면, 전쟁터에 내려갈 필요도 없지 않을까요? 거기 내려간다 한들 전쟁을 이길 수 있겠어요?"

운정이 그녀를 지켜보다가 말했다.

"조령령의 이모님 되시는군요."

그녀는 고개를 숙이며 인사했다.

"그땐 이름을 말하지 않았지요. 조랑랑이라고 해요. 령령이는 잘 지내나요?"

운정은 고개를 끄덕였다.

"잘 지내고 있습니다."

조랑랑은 공중에서 몸을 살짝 돌렸다. 그러자 그녀의 몸이 미끄러지듯 살짝 돌았다.

그녀는 양손을 뻗어 전장을 부드럽게 가리켰다.

"서로를 죽고 죽이는 저들을 보세요, 운정 도사. 저들 중 누구 하나를 제압한다 해서 멈춰질 것이 아니에요. 백도인들은 수치로 인해, 흑도인들은 자존심으로 인해, 막바지까지 생명을 바칠 거란 말이죠."

"그 모든 것은 결국 상대적인 것입니다. 압도적인 힘 앞에서는 굴복하게 마련입니다."

그 말에 조랑랑이 씩 웃었다.

"전과 조금 달라지셨군요. 하지만 제 가족들이 저 전장 안에 있는 대자연의 기운을 멈추고 있는 한, 운정 도사께서는 압도적인 힘을 낼 수 없으실 거예요. 그러니, 압도적인 힘을 내시려면 제 가족들을 모두 죽이셔야 할 겁니다."

"죽이지 않을 겁니다. 기절시키는 정도로도 노마나존을 해제할 수 있겠지요."

"그러고 나서 압도적인 힘을 보여 주겠다? 하지만 장담하건대, 오히려 더 참혹한 일이 벌어질 거예요. 저들의 폭력성은 그나마 대자연의 기운이 멈춰 있기에 억제되고 있어요. 만약 저들이 자신들의 내력을 온전히 내뿜을 수 있게 되면, 그때는 서로를 향해서 더욱더 많은 폭력을 저지르게 될 겁니다. 운정 도사님, 운정 도사님께서는 이 전쟁을 막을 수 없으세요. 한 사람의 힘으로 막아질 일이 아닙니다."

운정의 눈빛이 차갑게 빛났다.

"그 말이 맞을지는 모르겠으나, 이대로 방관할 수 없습니다."

조랑랑은 부드러운 말투로 말했다.

"좋습니다. 방관하지 않는다 합시다. 운정 도사께서 내려가서서 용들을 모두 제압하여 대자연의 기운이 움직이기 시작했다고 합시다. 이제 백도와 흑도는 서로의 전력을 다해 살상력이 높은 무공을 사용하기 시작할 것입니다. 그것을 운정 도사께서 어떻게 막을 것입니까? 압도적인 무공을 어떻게 사용하여 이 전쟁을 멈추렵니까? 본보기로 몇몇을 선별하여 잔인하게 죽일 겁니까? 그도 아니면, 마법을 부려 그 둘을 갈라놓을 것입니까? 어떻게 하실 겁니까?"

운정이 나지막하게 대답했다.

"힘을 보이고 이를 바탕으로 설득할 것입니다."

"그러면 이 전쟁이 멈춰지리라 믿습니까? 전혀 그렇지 않습니다. 저들이 서로를 향해 칼을 겨누는 것은 저들의 의지이자, 저들의 마음입니다. 전장을 똑똑히 바라보십시오. 저들이 과연 누군가의 명령을 받고 싸우는 자들인지. 아니면 스스로의 의지로 싸우는 자들인지."

조랑랑은 더욱 멀리 손을 뻗으며 전장을 가리켰다.

운정은 찬찬히 시선을 돌려 전장을 바라보았다.

손과 발로만 이뤄지는 싸움.

권풍이나 장풍도 쓸 수 없기에, 싸움은 지독히도 길어지고 있었다.

살상력이 현저히 줄어들어, 사상자보단 부상자가 많았다.

하지만 그럼에도 부상자들은 패배를 인정하지 않았다.

마인은 자존심으로 인해, 백도인은 체면으로 인해, 팔이 부러지고 다리를 못 쓰게도 되어도 죽을 때까지 싸웠다.

또한 그런 부상자들을 상대하는 자들 또한 일말의 자비가 없었다. 마인은 마인대로, 백도인은 백도인대로.

백도와 흑도 사이의 문제는 파인랜드의 기사들과는 다르다.

기사도라는 어떤 공통적인 가치가 존재하지 않는다.

그리고 공통적인 가치가 없다면, 서로를 존중할 수 있는 최소한의 근거 또한 없는 것이다.

"……."

운정은 말이 없었다.

영령혈검을 붙든 운정의 손아귀에서 힘이 서서히 빠져나갔다.

이에 조월서와 조월산이 방심한 그를 공격하려고 했으나, 조랑랑은 날카로운 눈빛으로 그 둘을 째려보았다. 그러자 그들은 공격할 생각을 접었다.

조랑랑이 부드럽게 말을 이었다.

"운정 도사께서는 저들을 강제할 수 없습니다. 강제한다 하더라도, 집으로 돌아간 그들이 서로를 향한 미움을 버릴 수 있을까요? 오히려 쌓이고 쌓여 더욱 커질 뿐입니다. 그리고 저들의 아들에 의해서, 손자에 의해서 이 일은 반복될 것입니다. 역사가 그렇게 말하고 있습니다."

운정 도사는 고개를 숙였다.

그는 조용히 말했다.

"그렇다고 해서 수많은 사람들의 생명이 사라지는 것을 어찌 용납하라는 겁니까?"

"저들은 서로 죽이고 죽는 것에 동의한 자들입니다. 그것이야말로 무림인의 정의이지요. 그들의 생명의 가치는 그들 스스로 한없이 낮췄습니다. 그런데 운정 도사께서 누구이기에 그들의 생명을 보존해야 한다고 할 수 있습니까? 운정 도사께는 그런 자격이 없습니다."

"제게 자격이 없다 한들, 그것을 방관할 수는 없습니다. 모두가 사는 방향으로 최선을 다하는 것이 어찌 잘못된 것이라는 겁니까?"

"간단하지요. 저들 스스로가 사는 것을 원하지 않기 때문입니다. 저들은 자신의 생명을 내걸고서라도 다른 이의 생명을 말살하려고 하고 있습니다. 그러니 저것은 마땅히 그들 사이에서 결론을 내려야 하는 것이지, 외부의 누군가가 왈가왈부할 수 있는 것이 아닙니다. 같은 이야기를 반복하지 마시지요."

운정은 의분을 담은 두 눈을 번쩍 뜨고는 조랑랑을 노려보았다.

"이 참혹한 전쟁의 무대를 만든 것이 바로 청룡궁 아닙니까? 당신에겐 그런 말을 할 자격이 없습니다."

누가 보아도 분노한 운정의 모습에, 조월서와 조월산의 눈빛도 덩달아 싸늘해졌다.

조랑랑은 다시금 그들에게 손바닥을 보이며 진정하라는 손짓을 하고는 운정을 향해 미소 지었다.

"자격이 없으니 입을 다물라고 하시는 분께서, 자격이 없어도 검을 휘두르겠다고 하십니까?"

"……."

운정이 아무 말도 하지 않자, 조랑랑의 손길이 부서진 광선포를 향했다.

"운정 도사님, 운정 도사님께서 저 광선포를 부순 까닭이 무엇입니까?"

운정이 즉각 대답했다.

"저토록 잔인한 무기를 방관할 수 없었기 때문입니다."

"하지만 운정 도사님께서 말한 그 압도적인 힘을 그 광선포가 가지고 있었습니다. 저와 제 두 조카는 그것을 이용하여 빠르게 전쟁을 끝내려 했습니다. 만약 운정 도사께서 광선포를 부수지 않았다면, 이미 전쟁에서 승리했을 겁니다."

"마인들이 모조리 잿더미가 된 후에 말입니다."

"그래서 지금은? 모두가 살았습니까? 아니죠. 오히려 서로가 죽기까지 싸우게 되었습니다. 이에 비하면 광선포는 오히려 자비이지요. 적어도 반은 살 것 아닙니까?"

"그 반은 청룡궁에게 유익이 되는 반입니다. 엄연히 광선포를 가지고 청룡궁의 목적을 위해서 사용하셨으면서, 마치 저들을 위해서 사용한 것처럼 위선을 떨지 마십시오."

"그러는 운정 도사님은 위선이 아닙니까? 천마신교를 대변하지 않습니까?"

"그렇지 않습니다. 전 천마신교를 섬기지 않습니다."

"그럼 왜 천마신교에 속해 있습니까? 천마신교를 섬기지 않으시는 분께서, 왜 천마신교의 편을 들려 하십니까?"

"그 이유는 간단합니다. 천마신교에 태룡향검이 있기 때문입니다. 그리고 심검마선이 있기 때문입니다."

조랑랑은 이해하지 못한 듯 고개를 갸웃했다.

"태룡향검과 심검마선요?"

운정은 고개를 끄덕였다.

"저 전장에서 보이듯 백도와 흑도는 섞일 수 없는 물과 기름과 같습니다. 하지만 태룡향검께서는 흑백연합을 이끌어 내신 유일무이한 분입니다. 그리고 그런 그를 도우면서도 천마신교 마인들의 존경을 받는 이가 심검마선입니다. 그들은 이미 백도와 흑도 간의 공존을 증명해 내신 분들입니다. 그들이 사라지고 그들의 영향력이 옅어지자마자, 이렇듯 흑백 간의 전쟁이 터진 것만 봐도 알 수 있지요."

"……."

"중원을 다스린다면, 그분들이 다스리는 것이 가장 합당하다 생각합니다. 때문에 그들의 귀환을 돕는 것이 제가 중원의 있는 이유이며 천마신교의 편에 서 있는 이유입니다. 그들이 백도와 흑도에 영향력을 가질 때에, 백도와 흑도는 다시금 공존할 수 있을 겁니다."

조랑랑은 잠시 고민했다가, 이내 입을 열었다.

"운정 도사께서 대의를 위하는 것처럼, 저희 또한 마찬가지입니다. 그러니 본질적으로 다르다 하실 수 없습니다."

"청룡궁의 대의는 어떤 대의입니까?"

"운정 도사께서는 이미 아시지 않습니까? 저희는 낙양본부 아래 봉인된 황룡을 일깨워 다시금 수호신이 되게 하려 합니다. 이로써 중원에 갇힌 대자연의 기운을 지키고자 합니다."

"그것이 왜 대의입니까?"

조랑랑은 대답했다.

"고대에 현자가 나타나 처음 황룡을 창조했고 이때 네 전쟁신은 수호신이 되었습니다. 그로 인해 중원에 어떠한 전쟁도 일어나지 않게 되었지요. 전쟁의 신이 없는 곳에 전쟁이 일어날 수는 없으니까요. 그러나 천여 년 전 천마라는 자가, 현무를 죽음에 고정하고 마단을 만들어 천마신교를 세웠습니다. 이때부터 백도와 흑도가 나뉘어 갈등이 시작되었지요. 하지만 현무 하나의 공백은 그리 크지 않았기에, 대규모의 전쟁은 없었습니다."

"……."

"그러나 삼백 년 전, 천마가 현무를 죽음에 고정한 것과 비슷한 방법으로 북해빙궁에서 주작을 죽음에 고정했습니다. 두 수호신이 봉인당하자, 전쟁이 고개를 들기 시작했습니다. 중원은 피바람에 휩싸이게 되었지요. 때문에 칠백오십 년간 평화를 유지했던 환나라가 멸망하고, 혈운제 유건에 의해서 대운제국이 설립된 것입니다."

"……."

"두 수호신이 자리를 비워 이후에도 계속해서 전쟁이 일어날 법했으나, 청룡께서 결단하시어 청룡궁을 직접 세워 수호신의 책임을 감당했습니다. 청룡께선 시대마다 각기 다른 가문을 선별하여 용이 되게 하시고, 북해빙궁을 억제하며 중원의 평화를 위해서 힘쓰셨죠. 때문에 대운제국 또한 큰 전쟁 없이 이백오십 년을 버텼습니다."

"……."

"그런데 정확히 십팔 년 전, 백호까지 죽음에 고정되었습니다. 때문에 중원에 쳐진 차원의 방벽은 한없이 얇아졌고, 이계의 것이 흘러들어 오기 시작했지요. 그뿐입니까? 황룡께서 죽음에 고정되어 힘을 잃으셨습니다. 때문에 주작과 현무가 되살아났음에도, 수호신으로서가 아닌 전쟁신으로서 되살아났지요. 때문에 상황은 더욱 악화되어, 끝없는 전쟁이 일어나게 되었습니다."

"……."

"그러니 낙양본부에 황룡을 되살려야 합니다. 황룡이 살아나 두 전쟁 신을 다시금 수호신으로 만들어야, 이 땅에 화평이 찾아올 것입니다, 운정 도사."

"……."

"운정 도사, 운정 도사는 한낱 인간입니다. 당신은 저들과 같은 존재입니다. 무 없이 협만 있다면 그것은 공허한 것이고, 협 없이 무만 있다면 그것은 독선에 불과합니다. 무와 협을 동시에 갖추는 것이 가능하리라 생각하십니까? 만약 가능하다면 이미 거기서부터 당신은 인간이 아니라 신입니다."

"너 또한 하나의 인간일 뿐이다. 이 시끌벅적한 진흙탕 안에서 허우적거리고 있는 건 똑같아. 남들보다 좀 더 크게 허우적거릴 줄 안다고 벗어난 척 그만하고 이제 그만 검을 들어라."

운정은 디아트렉스의 말이 귓가에 울리는 듯했다.

그가 눈을 감았다.

깊은 숨을 들이마시고 내쉬었다.

그러자 그의 몸에서 그윽한 현기가 일순간 내뿜어졌다.

조월서와 조월산, 그리고 조랑랑의 눈이 동시에 부릅떠졌다.

그것은 노마나존 안에서는 절대로 있을 수 없는 일이기 때문이다.

운정이 나지막하게 중얼거렸다.

"그렇군요. 그것이야말로… 입신이로군요."

"우, 운정 도사?"

"그것이야말로 우화등선일 것입니다."

그는 눈을 떴다.

운정은 현묘하기 짝이 없는 눈길을 들어 조랑랑을 보았다.

그 눈빛은 조랑랑을 꿰뚫고, 그의 뒤에 있는 자를 보았다.

운정이 단조로운 목소리로 물었다.

"청룡이십니까?"

"……."

"혹 청룡께서 여인의 몸을 빌려 말한 것입니까?"

그러자 조랑랑의 눈길이 반쯤 감겼다.

그녀가 말했다.

"제가 아버지의 말을 전해 듣고 말한 건 맞아요. 그러나 제 자의식이 없는 건 아닙니다."

운정이 고개를 한 번 끄덕였다.

흑도와 백도의 싸움.

광선포.

또한 그 옆에서 기다린 조월서와 조월산과 조랑랑.

운정은 이 모든 것이 무엇을 위함임을 깨달았다.

"전부다 계획하셨군요. 절 설득하기 위해서."

조랑랑은 순순히 인정했다.

"맞아요. 조령령을 이계로 데려갈 때에, 당신의 마음이 중원에 없다는 것은 이미 알았습니다. 때문에 당신을 잘 설득한다면, 황룡의 봉인을 푸는 걸 도와주리라 생각했습니다."

"제가 정리가 되지 않아 묻고 싶은 것이 있습니다. 정직하게 답변해 주시면 감사하겠습니다."

운정의 말에는 부드럽지만 무거운 힘이 있었다.

마치 어떻게 대답하느냐에 따라서 모든 미래가 달려 있는 듯했다.

조랑랑은 자기도 모르게 마른침을 삼켰다.

"네, 물어보시지요."

"우선 신이 살아 있다는 것과, 죽음에 고정되어 있다는 것, 그리고 봉인되어 있다는 것 등등. 정확히 어떠한 상태를 말하는 것입니까? 대강은 설명을 들었습니다만, 정확한 그 상태를 알고 싶습니다."

그 말에 조랑랑이 운정을 지그시 바라보다가 말했다.

"무당의 도사시니, 신의 존재가 어떻게 나뉘는지는 이미 알겠지요?"

운정은 과거 사당궁(祠堂宮)에 있었던 신선(神仙)들을 떠올렸다. 신선은 본래 허실(虛實), 천지인(天地人), 내외(內外) 등으로 구분하나, 무당의 가르침에서는 그것을 전혀 구분하지 않았었다. 신선은 신선일 뿐이라는 뜻이다.

이에 운정은 왜 자신이 지금껏 이해하지 못했는지 깨달았다. 무당에서는 무시하는 것이니까.

그가 말했다.

"존재적 구분으로는 허와 실이 있습니다."

조랑랑은 고개를 끄덕였다.

"모든 신은 허에 기반을 두었거나 실에 기반을 두었지요. 이에 따라, 신의 존재(存在)는 두 가지 영역에 따로 다뤄야 합니다. 허에 존재하는지, 실에 존재하는지 말입니다. 예를 들면, 무당파의 개파조사인 장삼봉은 과거 실에서 존재했고 허에서 존재하지 않았으나, 현재는 실에서 존재하지 않고, 허에서 존재하지요. 사방신인 백호는 과거 허에서 존재하고 실에서 존재하지 않았으니, 현재는 허에서 존재치 않고, 실에서 존재하고 있지요."

"좀 더 자세히 설명해 보십시오."

"허와 실, 모두에서 존재치 않는다면 이는 신이 아닙니다. 애초에 존재하는 것이 아니니까요."

"……."

"허에 존재한다면, 허에서 영향을 미친다는 뜻입니다. 예를 들면 인간의 마음에 욕심을 불어넣거나, 인간의 의지를 꺾어 버리는 것입니다. 실에 존재한다면, 실에 영향을 미친다는 뜻입니다. 즉 벼락과 함께 비를 내리며 홍수를 일으키고 산과 강을 뒤바꾸는 것을 뜻합니다."

"그럼 죽음에 고정한다는 말과 봉인한다는 말의 차이는 무엇입니까?"

"본질적으로 같은 말이긴 합니다만 작은 차이가 있습니다. 죽음에 고정한다는 것은 그 영향력을 어디에도 미치지 못하게 한다는 뜻입니다. 그리고 봉인한다는 것은 허에선 영향력을 미치는 것이지요."

과거 혈적현이 했던 설명보다 훨씬 더 이해하기 쉬웠다. 아마 혈적현도 완전히는 파악하지 못했기에 제대로 된 설명을 할 수 없었던 것이다.

하지만 그럼에도 혈적현은 바르게 보았다.

적어도 황룡이 실존해선 안 된다는 것을.

운정이 나지막하게 물었다.

"그렇다면 황룡이 실로서 존재케 된다면, 다시 말해 환세하게 된다면 허상에서 실상이 되는 것이니, 그만한 대가가 필요하겠군요. 그렇지 않습니까?"

"……."

"이에 혈적현 교주는 모든 인간이 죽게 된다는데 사실입니까?"

조랑랑은 굳은 표정으로 아무 말 하지 않았다.

그 침묵이 시사하는 바는 뻔했다.

운정은 영령혈검을 들었다.

"당신의 말이 맞습니다. 저는 백도와 흑도 간의 전쟁을 멈출 자격이 없습니다. 저들이 스스로 싸우겠다는데 그걸 강제로 막을 순 없지요. 하지만!"

"……."

"……."

"……."

"당신들을 하려는 일은 막아 낼 겁니다."

조랑랑은 양손을 뻗었다.

"잠깐! 오해하셨습니다."

운정은 영령혈검을 치켜든 채로 말했다.

"말씀하세요. 듣고 있습니다."

조랑랑은 다급한 목소리로 말을 이었다.

"황룡이 환세한다고 해서 모든 인간이 죽는 것은 아닙니다. 그저 새롭게 시작하는 것이지요."

"새롭게 시작한다?"

조랑랑은 연신 고개를 끄덕이더니 말했다.

"청룡께서는 전쟁 신이십니다. 전쟁의 당사자가 없다면 애초에 존재하실 수 없어요. 그런데 청룡께서 모든 인간을 소멸하는 일에 찬성하리라 생각하십니까?"

"새롭게 시작한다는 말을 자세히 설명해 보십시오."

조랑랑은 손으로 자신을 가리켰다.

그리고 두 동생을 가리켰다.

"저희는 용아지체입니다. 청룡께 목의 기운을 받아들였습니다. 때문에 황룡께서 환세하신다 하여 모든 기운을 빼앗기지 않습니다. 용아지체 안에 내재된 인간이 남아 있을 겁니다."

"……."

"환세 이후, 황룡께서 무림의 수호자가 되시면 그때는 청룡께서도 더 이상 청룡궁을 유지하실 필요가 없습니다. 청룡궁은 다시 조씨 세가로 돌아가겠지요. 그리고 인류를 다시금 새롭게 시작할 수 있습니다."

"……."

조랑랑은 부드러운 눈길로 운정을 바라보았다.

"운정 도사, 입신의 지경에 이른 당신이라면 깨달았겠지요? 당신이라면 이해할 수 있겠지요? 황룡이 환세한 세상에서는 전쟁의 개념 자체가 있을 수 없습니다. 새롭게 태어난 인간들은 전쟁이라는 것을 생각해 낼 수도 없을 겁니다. 끝없이 죽고 죽이는 것을 반복하여 피가 강을 이루고 시체가 산을 이루는 것보다는, 지금 인류가 새롭게 시작하는 것이 좋을 것입니다."

운정은 고개를 저었다.

"허무맹랑한 주장을 하시는군요."

조랑랑은 단호하게 물었다.

"허무맹랑하지 않습니다. 운정 도사님, 박소을을 아십니까?"

"압니다."

"그가 왜 중원으로, 아니, 이 별로 오신 줄 아십니까?"

"그건 듣지 못했습니다."

"그 이유는 그가 살던 고향 별이 죽었기 때문입니다."

"……."

"청룡궁에 와 마법의 도움을 받은 박소을은 점차 자신의 기억을 되찾았습니다. 패밀리어로 살던 중원에서의 기억은 애초에 그의 머리에 남아 있지 않았지만, 그전 자신의 본래 기억은 많이 회복했습니다."

"……."

"그가 말하길, 그의 세상에서도 수없이 많은 전쟁이 벌어졌다고 합니다. 인간의 기술이 나날이 발전함과 동시에 인간의 악의도 그 끝을 모르게 커졌다 했지요. 결국. 진보한 인간의 기술이 인간 전체를 멸망시키고 말았다는 겁니다."

"……."

"중원을 보십시오. 또 그 밖에 있는 파인랜드를 보십시오. 기술은 점차 발전하지만, 결국 저기서 서로를 향해 주먹을 휘두르는 자들처럼… 모두는 멸망으로 치닫고 있습니다. 운정 도사님, 중원에 찾아온 현자가 왜 황룡을 만들었는지, 그리고 왜 사방신을 수호신으로 삼았는지 이해가 가십니까? 그는 인류를 보존하고 싶었던 것입니다. 그리고 그것이 청룡께서 받든 유지이며, 그것이 청룡궁이 행하려고 하는 것입니다."

"……."

"당신이 그저 일개 무림 고수에 지나지 않았다면 이런 말을 하지도 않았을 겁니다. 하지만 당신의 깨달음은 신의 영역에 도달했습니다. 개개인의 인생의 가치보다 전체 존속의 가치를 볼 줄 아는 시야를 갖추셨습니다."

"……."

"그러니 운정 도사, 우리를 도우십시오. 당신이 원한다면 청룡께서 당신을 용아지체로 바꿔 주실 수 있습니다. 당신이 꿈

꾸는 공존. 그 사상을 인류 전체의 선으로 정하실 수도 있습니다. 인간의 왕이 되어서 악의로부터 인간을 구하십시오."

운정은 가만히 조랑랑을 보다가 눈을 감았다.

그녀가 숨을 죽이고 기다리자, 이내 운정이 말했다.

"마족을 아십니까?"

"마법사들이 정채린을 탐낸 이유로만 알고 있습니다. 기운으로 이뤄져 있는 지성체라고."

"마족의 삶에 대해서 간략하게 들은 일이 있습니다. 그들은 별의 기운을 흡수하여 탄생하고 번성한다고 합니다. 그리고 그 별의 기운이 바닥나면, 기운이 있는 다른 별로 옮겨가 같은 일을 반복합니다."

"……."

"전 황룡이 무엇으로부터 중원을 지키려고 했는지 잘 이해가 되지 않았습니다. 차원의 벽을 만들어서, 이계로부터 중원을 지켜서 무엇을 얻고자 했을까요?"

"……."

"중원의 기술인 '무공'은 마나를 사용하는 것이 아니라 기를 사용합니다. 그 작은 개념의 차이로 인해서 무공을 사용하면, 마나는 사라지지 않습니다. 기는 다시금 움직이면 그만이지요. 이 모양에서 저 모양으로 바뀔 뿐, 마법처럼 소멸하진 않습니다. 토납법을 기반으로 하는 이상 그 총량은 언제나 보존케 되는 것이지요."

"……."

"만약 무공 또한 현자가 만든 것이라 가정할 경우, 현자의 목적은 중원의 마나를 보존하는 것입니다. 그리고 그 목적에 가장 방해가 되는 것은 마족이겠지요. 그렇다면 황룡의 목적인 '수호'는 인류의 수호가 아닙니다. 그저 중원 내부에 '마나'의 수호입니다. 마족으로부터 말입니다."

"……."

"색불이공공불이색(色不異空空不異色) 색즉시공공즉시색(色卽是空空卽是色). 기는, 아니, 마나는 실과 허의 경계를 허물지요. 마나가 보존되면, 허가 실이 될 수 있고, 실이 허가 될 수 있습니다. 다시 말하면 마나가 보존된 중원에서만이, 황룡은 허상에서 실존케 될 수 있습니다."

"……."

"그러니 황룡이 수호하고자 하는 것은 결국 자기 자신입니다. 마나를 보존함으로, '허'에 속해 있는 것이 '실'에 있고자 하는 것입니다. 이는 황룡을 따르는 청룡도 마찬가지입니다. 결국 황룡도 신은 아닌가 보군요. 하기야, 애초에 만들어졌으니 말입니다."

"……."

운정은 형용할 수 없는 깊은 눈빛을 하고 말했다.

"이미 많은 사람이 다치고 죽었습니다. 이제 전 전장으로 내려가서 전쟁을 막을 것입니다."

"어떻게 말입니까?"

운정은 그 눈빛을 내려 자신의 오른손을 바라보았다.

그리고 조용히 읊조렸다.

"절정(絶頂)이란 극에 달한 것. 예를 들어, 절정의 불이란 태울 수 있는 것은 다 태울 수 있는 완전한 불입니다."

운정은 숨을 깊히 마시곤 다시 말을 이었다.

"초절정(超絶頂)이란 극을 초월한 것. 예를 들어, 초절정의 불이란 태울 수 없는 것까지도 태울 수 있는 초월한 불입니다."

운정은 이제 눈을 서서히 감았다.

"그리고 신(神)이란 초월이 극에 달한 것. 예를 들어, 입신의 불이란 태울 수 있는 것과 태울 수 없는 것을 차이 없이 태우는 불입니다."

그 말이 끝나기 무섭게 운정의 오른손에서 바람이 일렁였다. 그리고 그 바람은 영령혈검을 타고 올라가 그 검 위에 유풍검기를 덧씌웠다.

"……."

"……."

"……."

운정의 몸에서 현기가 흘러나온 것은 착각이 아니다.

모든 마나가 정지한 노마나존에서, 운정의 마나만이 자유롭게 흐르기 시작했다.

“입신이란 무와 협이 함께하는 것. 이(理) 안에 기(氣)가 있고, 기 안에 이가 있으며, 소우주와 대우주과 합일하여 객관과 주관의 경계가 없으니, 내 의지가 곧 자연의 의지가 되는 것. 그리고 이는 곧… 내 독선이 선이 되는 것.”

운정이 눈을 떴다.

그 눈빛은 모든 것을 꿰뚫는 힘이 있었다.

운정은 조랑랑을 바라보았다.

“막으시겠습니까?”

“…….”

조랑랑은 자기도 모르게 고개를 저었다.

운정은 고개를 돌려 조월서를 보았다.

“막으시겠습니까?”

“…….”

조월서도 고개를 저었다.

운정은 이제 조월산을 보았다.

“막으시겠습니까?”

“…….”

조월산도 천천히 고개를 저었다.

운정이 그들에게 말했다.

"청룡에게 전하세요. 제가 황룡과 직접 이야기하겠노라고."

"……."

"……."

"……."

운정은 이내 주변을 돌아보았다.

그가 있는 곳은 숲이었다.

하지만 그것은 '눈에 보이는 숲'일 뿐.

'눈에 보이는 숲'은 '눈에 보이지 않는 숲'의 일부일 뿐이다.

운정의 현묘한 눈은 '눈에 보이는 숲'을 꿰뚫어 그 뒤에 있는 '눈에 보이지 않는 숲'을 보았다. 이는 조랑랑 뒤에 있는 청룡을 본 것과 같은 이치였다.

그가 중얼거렸다.

"이것이 '숲'이로군요."

그는 슬쩍 자신의 다리를 내려다보며 나지막하게 말했다.

[가속(加速).]

그리고 제운종의 묘리를 담아 앞으로 한 걸음을 내디뎠다.

축복, 마법, 무공을 함께 사용한 운정은 전장의 한가운데로 한순간에 이동할 수 있었다.

갑작스레 나타난 그의 존재감은 모든 이의 마음을 짓눌렀다.

피 튀기며 싸우던 모든 사람은 운정에게로 돌아가는 시선을 멈출 수 없었다.

찰나의 순간에 공간을 이동하는 건 불가능하다.

하지만 불가능을 해내지 못하면 그것은 신이 아니다.

입신이란 불가능을 가능케 하는 것이다.

이에 운정을 둘러싼 모든 자연법칙은 다시금 재정의되기 시작했다.

그의 행동은 이미 현실에서 나타나 버렸다. 그러니 이 행동은 불가능한 것에서 가능한 것이 되지 않으면 안 된다.

우주의 근간을 이루는 것이 바뀌면서, 엄청난 마나를 소모하기 시작했다. 우주를 짠 실타래를 풀고 다시 짜니, 거기에 소비되는 마나는 형용할 수 없을 만큼 많았다.

때문에 운정의 단전에 반 정도 차 있던 내력이 다시금 또 절반이 되었다.

그리고 그것은 운정의 움직임으로 인해 생겨난 공간의 폭풍을 현실에 도래케 했다.

이는 공기가 몰아치는 것과는 다른 종류의 폭풍이다.

공간 자체가 흔들리며 몰아치고 있었다.

그리고 그 위에 존재하는 이 세상의 모든 것은, 거친 폭풍에 표류하는 배처럼 갈피를 잡지 못했다.

"커흑."

"푸흡."

"으윽."

입으로 피를 토하는 자.

아무렇게나 넘어지는 자.

정신을 잃어버리는 자.

무림인들은 그 감당할 수 없는 거대한 영향에 각양각색으로 반응했다.

이는 백도인이든 마인이든 용이든, 공간 위에 존재하는 한 모두 같았다.

노마나존을 유지하던 용들이 비틀거리며 쓰러지자, 이내 전장에 기운이 다시금 돌기 시작했다.

호흡을 통해서 내력이 차오르는 것을 느낀 무림인들은 저마다의 방법으로 내력을 흡수했다.

하지만 그들 중 가장 먼저 대기를 흡수한 건 다름 아닌 운정이었다.

그는 공간을 마시듯 코로 깊게 숨을 마시면서, 양손을 옆으로 뻗었다. 그러자 각각의 손에 들린 영령혈검에서 바람이 뿜어져 나와, 수십 수백 갈래로 갈라졌다.

오른손을 통해 나간 바람들은 마인들을 찾았다. 그리고 왼손을 통해 나간 바람들은 백도인들을 찾았다. 그리고 도달한 순간 그들을 한 번에 집어삼키곤 몸을 확 하고 공중에 던졌다.

몇몇 무림인들은 그 바람에 저항하려 했다. 하지만 크게 내상을 입은 탓에 제대로 방어하지 못했고, 이내 그 바람에 의해서 쭉 밀려나기에 이르렀다.

운정의 바람이 전장을 휩쓸자, 이리저리 엉켜 있던 흑도인과 백도인이 본래의 진영으로 갈라지기 시작했다. 그리고 마지막 무림인이 제자리를 찾았을 때에, 운정은 영령혈검을 높게 들었다가, 백도와 흑도의 사이를 향해 쭉 뻗었다.

그러자 길고 긴 유풍검강이 수십 장의 길이로 나아갔다. 그대로 땅끝까지 날아갈 줄 알았던 유풍검강은 전장의 끄트머리에서 멈춰 섰다.

이를 본 초절정 고수들과 초마급 마인들은 모두 한목소리로 말했다.

"강기충검!"

이는 강기를 검신에 붙잡아 두는 것인데, 운정은 그것을 수십 장의 강기로 해낸 것이다.

하지만 운정은 이에 멈추지 않았다.

그는 그대로 검을 들어서 위쪽으로 뒤집으며 반월을 그렸다. 강기충검에 의해 생성된 검강은 마치 자신의 그림자를 남기듯 반월 모양으로 쭉 넓어졌다.

그렇게 흑도인들과 백도인들 사이에는, 바람의 검막(劍膜)으로 이뤄진 벽이 세워졌다.

이로써 운정의 단전은 완전히 비었다.

"누구든 더 싸우길 원하는 사람은 나를 먼저 넘어서야 할 것입니다."

운정의 선포는 그의 위엄만큼이나 모든 무림인의 마음을 강하게 짓눌렀다.

누구도 함부로 그에게 저항할 수 없었다.

그때 한쪽에서 백도의 진영에서 노인이 걸어 나와 운정 앞에 섰다.

한눈에 보아도 초절정의 패기를 전신에서 내뿜고 있었다.

"노부는 하북팽가의 가주 팽지찬이오. 전쟁을 막은 귀인은 누구신지 물어도 되겠소?"

운정은 그를 바라보며 말했다.

"한때는 무당의 제자였으며, 지금은 신무당의 개파조사인 운정이라 합니다."

팽지찬은 눈초리를 모아 그를 보았다.

"감히 짐작하건대 귀인은 입신에 오르신 것 같소. 멸문한 무당에서 입신의 고수를 배출했다니, 가히 놀라운 일이오. 신무당파라. 입신의 고수라면 능히 새로운 문파를 세워도 될 일이지."

그가 말하는 도중, 천마신교의 진영에서도 한 사람이 걸어왔다.

태곡도후 서가령이었다.

"태극마선, 이 일은 교주께서 직접 내린 교주명이오. 그러나 혹 본녀가 잘못 본 것이 아니라면, 지금 태극마선께서는 전쟁을 멈추려고 하는 것이오?"

운정은 고개를 끄덕였다.

"예."

그 말에 모든 마인들의 표정이 멍해졌다.

교주명을 어기는 자는 천마신교의 척살 대상이다.

이를 전혀 두려워하지 않으며 모든 마인들 앞에서 당당히 말하는 운정의 단답은 지금껏 모든 마인들이 보았던 가장 광오한 말 중 단연 최고였다.

하지만 천마신교에 날고 긴다 하는 마인들조차 감히 그 말은 하지 못했다.

심지어 서가령조차 운정이 그렇게 대답할 줄은 몰랐는지, 더 말하지 못했다.

"……."

당장 그를 척살해라.

그렇게 말해야 한다.

머리로도 그렇게 생각했고 마음으로도 그렇게 느꼈다.

하지만 서가령은 그 말을 입 밖으로 차마 꺼낼 수 없었다.

현묘하기 짝이 없는 운정의 두 눈빛이 그녀의 혀를 마비시켰기 때문이다.

이 모습을 지켜보던 신균은 팔짱을 낀 채 코웃음을 쳤다.

“제대로 미쳤군. 입신이라… 흐음.”

운정은 서가령에게서 시선을 돌려 팽지찬을 보았다.

“팽지찬 가주님, 이번 싸움을 통해서 얻고자 하시는 것이 무엇입니까?”

그는 손가락을 올려 하늘을 가리키며 말했다.

“마도천하(魔道天下)에서 중원을 구하는 것이오.”

“그 대의를 위하여 이토록 수많은 이의 피를 흘리려는 것입니까?”

팽지찬은 눈초리를 모으고 운정을 바라보았다.

“마치 내가 이들을 억지로 전장에 데려온 것처럼 말하시는군, 태극마선. 하지만 잘 보시오. 이 전장에 나온 백도인 중 단 한 명도 자신의 뜻대로 나오지 않은 이는 없소. 여기 있는 이들은 마도에서 중원을 구하고자 하는 사명을 위해서 목숨을 바치려고 온 것이오. 그 숭고한 정신을 매도할 생각은 하지 마시오.”

“매도할 생각은 없습니다. 다만 천마신교는 조금만 시간이 지나면 자연스레 사라질 것인데 왜 지금 꼭 피를 흘려야 하는지 알 수 없어 하는 말입니다.”

그 말에 서가령의 얼굴이 크게 굳었다.

“태극마선! 그것은 기밀이오!”

운정이 그녀를 돌아봤다.

“서가령 장로님, 정녕 혈마석으로 마단을 대체할 수 있으리라 믿으십니까? 이미 틀린 일입니다. 이는 파인랜드에서 증명된 것으로, 혈마석으로 인한 신체적 변화는 역혈지체보다 더 심합니다. 현무가 환세한 이상 천마신교는 그 근본을 잃었고, 또 그렇기에 무너질 수밖에 없습니다. 그것은 사람의 힘으로 막을 수 있는 것이 아닙니다.”

서가령은 전신에서 마기를 끌어 올렸다.

그리고 목소리에 내력을 담아 크게 소리쳤다.

그녀의 말에 하늘과 땅이 진동했다.

“겨우 몇 달 동안 본교에 속해 있었다고, 다 아는 듯 광오하게 말하는구나! 애초에 교주의 명령을 어긴 것에서부터 넌 천마신교와 같은 하늘 아래 있을 수 없다! 그러니 본녀가 네게…….”

그때 운정이 말을 잘랐다.

“걱정마지 마십시오. 같은 하늘 아래 있지 않을 겁니다.”

이상한 일이다.

운정의 말은 나긋했고 또 조용했는데, 세상을 울리는 서가령의 외침을 일순간 잘라 버린 것이다.

운정은 고개를 돌려 팽지찬에게 말했다.

“그러니 팽 가주, 이들을 이끌고 본래의 자리에 돌아가 계십시오. 거기서 한 세대만 기다리셔도 천마신교는 알아서 쇠락의 길을 겪을 것입니다."

팽지찬은 고개를 저었다.

"본좌가 태극마선의 말을 어찌 믿을 수 있겠소? 태극마선은 엄연히 천마신교에 속한 자인데 말이오."

이에 백도인들은 모두 서로를 돌아보며 동의했다.

운정은 반박했다.

"방금 서가령 장로의 반응을 보시면 제가 진실을 이야기했다는 것을 아실 것입니다."

"천마신교에서 우리 앞에서 좋은 연기를 준비했을 수도 있소."

"하지만 방금 보셨다시피, 전 서가령 장로님이 말하셨던 것처럼 천마신교와 같은 하늘 아래 있을 수 없는 사람이지요. 그런 제가 천마신교를 위해서 일한다는 것입니까?"

그 말에 팽지찬의 눈썹이 조금 올라갔다.

"혹 나에게 신임을 얻고자 교주명을 어긴 것이오?"

"……."

운정은 아무 말 하지 않았지만, 모든 이들은 그것이 긍정의 표현임을 알 수 있었다.

팽지찬은 눈초리를 더욱 모아 운정을 바라보았다. 운정의 깊은 눈빛에서 느껴지는 건 오로지 현기. 한 줌의 마기도 찾을 수 없었다.

팽지찬은 운정에게 믿음이 갔다. 하지만 그것과 백도인들 전체가 운정을 믿는 것과는 또 다른 문제였다.

그는 하는 수 없이 고개를 저었다.

"아쉽게도 운정 도사의 말 한마디로 이 전쟁을 뒤집을 순 없소."

운정이 말했다.

"그렇다면 같은 편에 선 청룡궁의 말을 믿으십시오. 그들은 천마신교에서 마단을 생성할 수 없다는 것을 이미 알고 있으니까요."

그 말에 팽지찬의 눈빛이 낮게 가라앉았다.

그는 주변을 돌아보며 청룡궁의 용들의 기색을 살폈는데, 용들은 모두 긴장한 표정을 짓고 있었다.

"운정 도사, 무당파의 이름을 걸고 맹세할 수 있소?"

"무당파의 이름뿐 아니라 제가 개파한 신무당파의 이름을 걸고 맹세합니다. 청룡궁은 천마신교에 마단이 더 이상 없다는 것을 알면서도 여러분들을 부추기고 전쟁을 벌였습니다. 그 이유는 전 무림의 힘을 빼놓기 위함입니다. 그들이 무공을 익히지 못한다는 사실을 기억하십시오."

팽지찬은 동쪽의 백도세력을 모두 모은 사람이다. 청룡궁이 머리이긴 하나, 그들은 신비문파 정도로 알려져 있고, 무림인들 간의 직접적인 연합은 그가 이뤘다고 해도 과언이 아니었다.

그는 군중의 심리를 잘 파악할 수 있었고, 지금 운정의 말로 인해서 확연히 바뀌었다는 것을 느꼈다.

팽지찬은 손을 높게 들었다.

그러자 모든 이들이 그를 보았다.

그가 큰 소리로 외쳤다.

"청룡궁을 제압하라!"

그 말에 가장 먼저 반응한 것은 백도인들 사이사이에 있었던 청룡궁의 용들이었다. 하지만 그 주변에 있던 백도인들, 특히 하북팽가의 고수들도 즉시 반응했다.

용들은 총 열 명 남짓이었는데, 애초에 넓게 분포해 있느라 서로 협력도 할 수 없었고, 또 백도인들에 의해서 둘러싸여 있었기 때문에, 그들은 제대로 된 반항조차 하지 못하고 모두 제압당했다.

운정은 그를 향해서 포권을 취했다.

"제 말을 믿어 주셔서 감사합니다."

팽지찬은 눈을 가늘게 뜨며 말했다.

"태극마선의 말을 믿어서가 아니요. 청룡궁이 우리를 이용하고 있다는 걸 어렴풋이 알고 있었기에 이런 결정을 내린 것이오."

그리고 결정적으로 운정이 천마신교에 합세할 경우, 백도에 승산이 전혀 없다는 것도 한몫했다.

이때 서가령이 말했다.

"태극마선, 태극마선의 논지가 모두 맞다 해도, 우리 천마신교의 교인들은 절대로 교주명을 어길 수 없소. 낙양을 공격하는 청룡궁의 무리들을 저지하는 것이 교주의 명령인 이상, 어떠한 논리로도 마인들을 멈출 수는 없는 게요."

운정은 그녀를 돌아보며 말했다.

"그래서 제가 그 명령을 따르고 있지 않습니까?"

"뭐라?"

운정은 미소를 지었다.

"제가 지금 저지하지 않았습니까?"

그 말에 서가령과 팽지찬은 동시에 똑같은 표정을 지었다.

얼이 빠진 느낌.

이에 한쪽에서 웃음소리가 터져 나와 모든 이의 시선을 사로잡았다.

"크핫핫핫! 크핫핫핫!"

고개를 높이 들고 광소를 터트린 신균은 이내 운정을 향해 피식 웃더니 말했다.

"모든 흑룡대는 들어라."

그의 말이 떨어지기 무섭게 마인들 사이에 섞여 있었던 모든 흑룡대가 부복했다.

"존명!"

"존명!"

"존명!"

신균은 서서히 전신에서 마기를 끌어 올렸다.

이에 흑도 백도 너 나 할 것 없이 모두 긴장된 표정으로 신균에게 시선을 두었다.

그는 당장에라도 검기를 발경할 것 같은 눈빛으로 운정을 뚫어지게 바라보았다.

"……."

"……."

정적이 흐르는 가운데, 운정의 입술이 달싹였다.

이에 신균의 눈동자가 크게 뜨이더니, 곧 큰 목소리로 말했다.

"교주명을 완수했으니, 귀환한다!"

그는 그대로 몸을 돌려 낙양으로 경공을 펼쳤다.

이에 흑룡대도 본능적으로 그를 따라서 경공을 펼쳤지만, 표정만 놓고 보면 영문을 모르기는 매한가지였다.

그렇게 흑룡대 고수들이 썰물처럼 빠져나가자, 서가령은 더 이상 얼굴을 일그러뜨릴 수 없을 만큼 일그러뜨렸다.

"태극마선! 이, 이 일을 어찌 책임질 것이오!"

"책임질 일이 없습니다. 전 교주명을 수행했으니 말입니다."

"그, 그런!"

운정은 고개를 돌려 팽지찬을 보았다.

그리고 포권을 높게 들어 올리며 고개를 푹 숙였다.

"팽지찬 가주님, 청룡궁의 간악한 계략에 속지 않으시고, 제 말을 믿어 주셔서 감사합니다."

이제 와서 이 말을 왜 또 하는 것일까?

심계가 깊은 팽지찬은 운정이 사람들 앞에서 자신의 채면을 세워 주려고 한다는 것을 즉시 깨달았다.

그는 역시 포권을 취하면서 크게 말했다.

"오히려 운정 도사께 감사할 따름이오. 역시 무당의 제자답소! 운정 도사 덕분에 청룡궁의 간계에 속지 않고 더 이상 피를 흘리지 않을 수 있게 되어 감사하오. 모두들 들어라!"

그가 큰 소리로 외치자, 백도인 사이에 있던 하북팽가의 고수들이 한목소리로 외쳤다.

"예, 가주님!"

팽지찬은 몸을 돌려 걸어가며 말했다.

"우리는 돌아간다. 돌아가서 청룡궁에게 이 일의 진상을 따져 물을 것이다!"

백도인들은 하나같이 아리송한 표정이 되었다.

청룡궁의 간계는 무엇이며? 어떻게 그들에게 속아 이 전쟁이 일어났다는 것인가?

하지만 그들은 의문을 애써 마음에 묻었다.

운정이 보여 준 신위.

그것은 그들 중 누구도 상상조차 못 한 모습이었다.

그리고 그런 운정이 공손한 자세로 팽지찬을 대했으며, 팽지찬은 몇 마디 대화 후 청룡궁의 간계에 속지 않았다 하니, 일이 그렇게 돌아가나 싶었다.

하지만 그렇다고 해서 죽은 이들에 대한 분노가 사라진 것은 아니다. 잠깐이나마 싸움은 있었고, 그 와중에 죽은 제자들도 분명 있었다.

그때 팽지찬이 갑자기 고개를 돌리더니 천마신교를 향해서 큰 소리로 말했다.

"그러나 절대 이대로 끝났다 생각하면 오산이다! 청룡궁에게 진상을 묻고 따진 뒤, 그들의 손아귀 위에서가 아니라, 우리 백도인의 긍지와 의지로 다시금 이 자리에 찾아올 것이다. 이를 잊지 말라, 마교인들이여!"

운정은 포권을 취한 그 자세 그대로 가만히 있었다.

팽지찬이 움직이자, 하북팽가의 무인들이 먼저 움직였다. 그러자 분위기를 보던 백도인들은 결국 하나둘씩 그들을 따라서 물러나기 시작했다.

천마신교의 교인들 또한 흑룡대의 후퇴에 점차 동조하여 하나둘씩 낙양으로 물러나려고 했다.

그런데 그때 또다시 서가령이 외쳤다.

"본녀는 절대로 저들을 이대로 물릴 수 없다! 본녀 혼자서라도 저들을 저지할 것이다!"

분위기은 삽시간에 차갑게 굳었다.

그녀가 성큼성큼 앞으로 걸어 나가려는데, 운정이 그녀에게 물었다.

"서가령 장로님, 혹 후잔해 수석장로께서 어디 계신 줄 아십니까?"

그 말에 서가령이 걸음을 멈출 수밖에 없었다.

그러고 보니, 자신보다 더욱 먼저 백도인들을 향해 뛰쳐나갈 사람이 바로 후잔해다.

그런데 그의 모습은커녕 목소리도 듣지 못했다.

"……."

그녀가 아무 말 하지 않자, 운정이 말했다.

"이제 확실하군요. 서가령 장로께서는 그래도 교주께 충성하는 마인이시지만, 후잔해는 그렇지 않다는 것을요. 두 분 중 누가 진마교인지 몰랐는데, 이로써 확실해진 듯합니다."

"지, 진마교?"

"보아하니, 후잔해 장로는 전쟁을 가장 먼저 시작해 놓고는 전장에서 몰래 빠져나갔습니다. 그가 어디로 가겠습니까?"

서가령은 즉시 깨달을 수 있었다.

"교, 교주!"

그녀의 표정이 허탈해졌다.

*　　　*　　　*

“오는군.”

절대지존좌에 앉은 혈적현이 중얼거렸다.

악존이 어둠에서 모습을 드러내 그의 앞에 부복했다.

“자리를 피하시지요, 교주님.”

혈적현은 고개를 저었다.

“아니다, 오히려 너희 호법원들을 물려라.”

“예?”

“안 그래도 이계에서 많이 잃어 숫자가 적지 않느냐? 물려라.”

“하, 하지만, 교주님.”

“이는 교주명이다.”

“…….”

혈적현은 말없이 고개를 숙인 악존에게 말했다.

“교주의 생사와 교주의 명령 중 무엇이 먼저인가, 호법원주.”

그것은 호법원의 행동 양식의 기준이 담긴 질문이며, 호법원으로 처음 임명될 때 모든 이가 받는 질문이다.

호법원주인 악존이 그것의 답을 모를 리 없었다.

“교주의 명령입니다.”

혈적현은 고개를 끄덕였다.

"두 번 명령하지 않겠다."

"존명."

악존은 즉시 전음을 날렸고, 이에 밖에서 대전을 지키던 두 호법이 어둠 속으로 사라졌다.

쾅-!

문이 활짝 열리고 하늘에까지 미치는 마기를 품은 후잔해가 걸어 들어왔다. 그의 뒤로는 그와 비슷한 수준의 마기를 내뿜는 세 명의 마인들이 있었는데, 천마신교의 교주인 혈적현을 보고도 살기등등했다.

후잔해는 중간쯤 와 서서 혈적현을 노려보았다.

"오호? 호법원주, 보아하니, 호법원들은 물리셨군. 교주가 죽게 생겼는데, 홀로 막으시겠소?"

악존은 눈을 찌푸렸다.

"모두 초마급이로구나."

후잔해는 입술을 비틀었다.

"호법원주와 호법원 전부 달려든다 해도 이 셋이면 충분하리라 믿소. 그동안 나는 교주와 볼일이 있으니, 방해하지 마시구려."

악존이 당장에라도 달려 나가려는데, 혈적현이 말했다.

"호법원주는 자리를 고수하라."

악존은 이를 드러내며 살기를 뿜어냈지만, 이내 진정하고는 나지막하게 대답했다.

"존명."

혈적현은 따분하다는 눈빛으로 후잔해를 바라보더니 툭하니 말했다.

"교주 자리가 탐나나, 후잔해 장로? 오로지 신물주만이 교주에게 대항할 수 있다는 피의 율법을 모르는가?"

후잔해는 비릿한 웃음을 지으며 말했다.

"천마신교에는 더 이상 신물이 없소, 교주. 그러니 그 피의 율법은 더 이상 효력이 없지. 이제 절대지존좌는 누가 되든 강한 자가 차지하는 것이오."

"어차피 난 교주 자리에서 곧 내려가려 했다. 그것을 진마교에서도 모르진 않을 텐데, 왜 이제 와서 나에게 칼을 들이미는지 궁금하군. 날 죽이면 저 천방지축인 태학공자를 어찌 다스려 혈마석을 만들어 내려고?"

"……."

후잔해는 아무 말도 하지 않았다.

혈적현이 이어 말했다.

"이렇게 된 이상 솔직하게 말해 보거라. 난 진마교가 원하는 것이 무언지 알고 있다. 그래서 혈마석을 만들어 주려고 한 것이다. 이 모든 건 암묵적으로 동의한 것이 아닌가? 그런데 왜 갑자기 돌이킬 수 없는 짓을 하는 것이지?"

후잔해는 잠시 말이 없다가 대답했다.

"답을 이미 알지 않소?"

혈적현이 말했다.

"혈교 때문인가? 하나 이는 심검마선이 직접 약속한 것이라 내 입장에서도 양보할 수 없는 것이다."

"그 심검마선이 없는데 왜 양보하지 못하겠다는 것이오?"

"……."

이번엔 혈적현이 말을 하지 않자, 후잔해가 양손을 펼쳐 보였다.

"부교주가 돌아온 지 벌써 한 달이오. 심검마선이 아직도 돌아오지 못한 것을 보면 못 온다고 봐야지. 그리고 심검마선이 없다면, 굳이 마공도 모르는 무공마제께서 우리들의 교주로 있어야 할 이유가 있소? 제갈극을 압박하는 방법이야 우리에게도 얼마든지 있소. 오늘 우리의 인내심이 바닥을 드러냈으니 참으로 안타깝게 되었소, 교주."

혈적현은 코웃음을 쳤다.

"지금 인내심이 바닥나서 색이를 거행하는 게 아니라, 언제나 행적이 모호한 태극마선이 전장에 있어 그 위치가 확실하니, 이때다 싶어 색이를 거행하는 것 아닌가?"

"……."

"내가 후 장로를 오래 보진 않았지만, 후 장로는 항상 거친 남자이고 싶어 하는 듯해. 그러나 실상은 사춘기 소년보다 좁은 마음을 가지고 있지. 그 증거로, 만약 후잔해 장로가 진정한 남자라면 나에게 일대일로 결투를 신청했을 것이다. 하지만 그보단 청룡궁의 힘을 빌리고, 또 태극마선이 없는 틈을 타 여러 마인들과 함께 나타났지. 이래도 내 말이 틀렸나?"

"……."

후잔해의 얼굴이 일그러지다 못해 구겨졌다.

혈적현은 절대지존좌에서 일어나며 말했다.

"너희 진마교가 그렇게도 십만대산으로 돌아가고자 한다면 얼마든지 돌아가라. 그러나 역혈지체를 이룰 수 있는 수단이 사라진 이상, 너희들의 자손은 너희들이 자랑스럽게 여기는 그 마공들을 대성하기도 전에 주화입마에 들어 피를 토하고 죽을 것이다. 너희는 쇠락의 길을 걸을 것이며 역사의 뒤안길로 사라질 것이다. 그리고 그 쇠락의 시작은 바로 오늘이다."

끼리릭. 끼릭.

소름끼치는 기계음과 함께 혈적현이 몸을 서서히 일으켰다. 그는 외투를 잡은 뒤 확 하고 뒤로 던졌는데, 그와 함께 그의 진면목이 드러나기 시작했다.

빛조차 흡수하는 듯한 흑철은 마치 외골격처럼 그의 몸을 감싸고 있었다. 그 위로는 금색으로 빛나는 다양한 무늬가 새겨져 있어 어떠한 특수한 능력을 내는지 알 수 없었다.

"대전을 더럽히고 싶지 않으니, 밖으로 따라오너라."

그 말이 끝나는 순간 혈적현의 몸이 갑자기 그 자리에서 사라졌다. 하지만 네 고수들은 전혀 당황하는 기색 없이 눈동자를 굴려 위를 바라보았다.

쿵.

혈적현은 긴 포물선을 그리며 입구 앞에 착지했다. 그리고 활짝 열린 대전의 문을 통해서 천천히 걸어 나갔다.

동쪽에 모습을 드러낸 태양은 밝기 그지없었다. 혈적현은 천천히 그쪽으로 걸어가 몸을 빙글 돌려 대전을 바라보았다.

곧 후잔해와 초마급 마인 셋이 혈적현을 따라 나갔다.

혈적현은 팔짱을 끼더니 그들을 향해서 말했다.

"대전 주변이 조용하구나. 하기야, 대놓고 얼굴을 드러낸 이상 마조대 또한 진마교임을 숨길 필요가 없었겠지."

후잔해는 그를 노려보다가 한쪽 입꼬리를 올렸다.

"아무리 여유로운 척해도 상관없소, 교주. 나는 수없이 많은 전투를 뚫고 이 자리에 올라온 사람이오. 승산이 없는 싸움을 하는 그 마음이 어떤지 잘 알고 있지. 그리고 그 마음은 절대 숨길 수 있는 것이 아니요. 내 단언컨대, 교주는 지금 허세를 부리고 있소."

혈적현은 허리춤에서 진보(辰寶)를 꺼냈다. 진보 위에는 한 층 더 복잡해진 금빛 수식이 그려져 있었다.

향상된 진보의 효과로 인해 그 일대의 모든 기가 멈췄다.

"그렇게 눈치를 보기만 하니, 남자가 되지 못하는 것이다, 후잔해 장로. 얼른 출수해라."

그의 도발에도 후잔해는 가만히 그 자리에 서 있었다.

그의 시선은 진보에 고정되어 있었다.

"교주, 난 그것을 방금 직접 경험해 보고 오는 길이오. 무기에조차 내력을 담을 수 없어 무공의 파괴력과 살상력이 상당히 줄어들게 되지. 미안하지만, 교주의 얄팍한 도발에 내가 속을 것 같소?"

"……."

"교주, 들어 보시오. 진보에는 본래 주변 공간의 기운을 멈추는 효과까진 없었으나, 교주께서 이계의 지식을 쌓아 그렇게까지 발전했다 들었소. 그런데 그 기술을 청룡궁이 어떻게 알고 활용하겠소? 교주가 이룩한 것을 누군가 지속적으로 빼돌린 것이지. 만약 그 기술이 없었다면, 내력의 양에서는 중원 누구보다 자신 있는 본교가 이미 천하를 통일했을 것이오. 본교의 상황이 이리도 악화된 것은 다 교주 때문이오."

조고가 생각난 혈적현은 평정심을 잃고는 분노로 소리쳤다.

"감히 청룡궁과 작당한 너희가 할 말이냐!"

후잔해는 여유로운 미소를 지으며 말했다.

"교주, 진보의 기술이 그들에게 넘어간 것은 엄연히 우리가 그들과 손을 잡기 이전의 일이오. 교주의 실책을 우리보고 뭐라 하지 마시오."

혈적현은 얼굴을 잔뜩 일그러뜨리며 후잔해에게 더욱 크게 고함쳤다.

"혓바닥이 길구나! 어서 덤벼라!"

"싸우고 싶다면 선공하시오, 교주. 그 누구도 말리지 않소. 그게 아니라면 내 의심이 맞다는 소리겠지. 이젠 정말 확신했소. 교주는 허세를 부리고 있소."

"……."

혈적현은 더 대꾸하지 않고는 양손을 옆으로 뻗었다. 그러자 인보(寅寶)가 쫘르륵 손가락 길이까지 뻗어졌다.

후잔해는 팔짱을 끼더니 말했다.

"천서존."

그 말에 초마급 마인 중 하나가 앞으로 걸어 나왔다.

"예."

천서존은 천마오가 중 현천가의 젊은 가주였다.

후잔해는 그에게 부드럽게 말했다.

"병장기에 내력을 불어넣지 못하는 저 진보의 영향 아래에선 네가 제일 강하다. 네가 중심이 되고 우리가 합공하는 식으로 들어가자."

천서존은 고개를 끄덕여 보인 뒤, 혈적현을 바라보았다.

숨을 한 번 크게 내쉰 그는 곧 앞으로 보법을 펼쳐 빠르게 혈적현에게 다가갔다.

혈적현은 마치 나비가 날개를 펼치는 것처럼 인보를 공중에 뿌렸다. 그러면서 묘보(卯寶)를 이용해 뒤로 훌쩍 뛰었다.

천서존이 혈적현이 있던 자리에 오자, 사방으로 뿜어졌던 묘보가 그를 향해 옥죄듯 달려들었다. 하지만 금세 그의 뒤를 쫓아온 세 초마급 마인이 천서존을 보호하듯 좌우상에 서서, 그 모든 묘보를 쳐 냈다.

캉! 카앙-!

열 개의 묘보가 모두 힘을 잃자, 천서존은 더욱 다리에 내력을 담아 혈적현에게 돌진했다. 그 다리에 담긴 내력이 어찌나 많은지, 향상된 묘보의 속도로 도주하는 혈적현에게 따라붙는 데 다섯 걸음도 필요치 않았다.

그동안 혈적현은 양손에서 각각 사보(巳寶)와 오보(午寶)를 꺼내들어 다가오는 천서존에게 던졌다.

천서존은 양손을 동시에 뻗어 그 둘을 부쉈다.

쾅-!

엄청난 화염이 그를 휩쌌다.

하지만 이내 천서존의 몸에서부터 검은 마기가 솟구치더니, 모든 화기는 그의 신체에 닿지 못하고 사라졌다.

호신강기(護身罡氣).

본래의 호신강기라면 그대로 내력이 사방으로 터져 나가야 했지만, 진보의 영향 아래 있다 보니 내력의 폭발은 일어나지 않았다.

충분히 거리를 벌린 혈적현이 천서존을 노려보았다.

그런데 천서존의 모습이 흐릿해지더니 이내 완전히 사라졌다.

하나밖에 남지 않은 혈적현의 눈이 부릅뜨였다.

"허상?"

아쉽게도 그에게는 자보인 인공영안이 없었다. 때문에 천서존의 빠른 움직임을 따라갈 수 없어 그를 놓친 것이다.

찰나 후 그는 눈동자를 들어 위를 보았다.

하늘을 모두 채우는 거대한 손바닥.

그것은 이미 코앞까지 뻗어진 천서존의 손바닥이었다.

그 안에는 가공할 위력이 담겨 있어, 그대로 맞았다가는 두개골이 부서지고 뇌가 터질 것이 자명했다.

하지만 혈적현에게는 그것을 피할 시간이 전혀 없었다.

눈 한 번 깜박할 순간에 죽을 것이다.

혈적현은 본능적으로 감기는 두 눈을 억지로 부릅떴다.

죽더라도 어떻게 죽는지 확실히 보며 죽고 싶었다.

그런데 그때, 그와 손바닥 사이에 무언가 살며시 고개를 내밀었다.

죽기 바로 직전 황홀경에 빠져 찰나를 바라보고 있는 혈적현의 시야 속에서, 그것은 부지런하게 움직여 혈적현과 손바닥을 사이를 갈라놓았다.

얇고 투명한 그것은 심검(心劍)이었다.

캉-!

천서존은 무슨 일이 일어났는지 도저히 알 수 없었다.

혈적현의 얼굴에 손바닥이 닿으려는 순간, 무언가가 막아낸 것이다.

"크으윽."

천서존은 찌릿한 고통을 느끼며 손목을 붙잡으며 뒤로 물러났다.

그리고 자신의 손바닥을 막은 존재를 바라보았다.

그는 곧 넋을 잃었다.

"시, 심검마(心劍魔)……."

第一百七章

허리까지 내려오는 머리는 반은 흑이고 반은 백이었다. 그 둘이 섞여 회색으로 보일 법하건만, 흑백의 색감이 워낙 뚜렷하여 조금도 섞이지 않았다. 마치 검은 바탕에 흰색 선을 그려놓은 듯, 혹은 흰 바탕에 검은 선을 그려 놓은 듯, 묵직하고 거친 수묵화와 같았다.

그가 입은 장삼에도 흑과 백의 극한의 조화가 있었다. 흑색 옷 위로 흰 꽃들이 피어 있었으며, 그 꽃은 서로 기이하게 연결되어 있어, 어디가 시작이고 어디가 끝인지 알 수 없었다.

그에 몸에 찾을 수 있는 색이라고는 오로지 그가 오른손에 들고 있는 소소(銷簫)뿐이었다. 또한 그 위로 반투명한 검신이 덧씌워져 있었는데, 그 반투명한 검신 또한 검은빛으로 은은하게 빛났다.

피월려는 형용할 수 없을 만큼 깊은 눈빛으로 천서존을 바라보며 말했다.

"당신의 형과 인연이 깊으니 한 번은 살려 주겠소. 하지만 다시 내 친우에게 손찌검을 하려 한다면, 그때는 용서가 없을 것이오."

"……."

천서존은 입을 딱 벌리고 아무 행동도 취하지 못했다.

피월려는 소소를 들었다. 그 위에 덧씌워진 심검은 후잔해를 향하고 있었다.

"오랜만이오, 후 장로. 하지만 아쉽게도, 후 장로와 나는 깊은 인연이 없지."

후잔해는 자기도 모르게 급히 숨을 쉬었다.

그는 점차 떨려 오는 자신의 두 팔을 내려다보더니 이를 악물었다.

"뭐, 뭐 하느냐! 어, 어서! 공격해!"

그의 떨리는 목소리에도 다른 세 마인은 감히 움직이지 못하고 그 자리를 고수했다.

혈적현은 즐거운 듯 미소를 지으며 말했다.

"진보의 영향 아래에서도 심검을 현현한 것이 안 보이는가? 승산이 없음을 다들 아는 것이지."

"그, 그런……."

"지옥에서 좋은 걸 배워 왔군, 피월려."

심검을 바라보는 후잔해의 표정이 점차 일그러졌다.

피월려는 한 발을 내디뎠다.

그것으로 그는 이미 후잔해의 앞에 있었다.

그리고 그의 심검은 후잔해의 미간을 향해 날아가고 있었다.

후잔해는 전신의 내력을 모두 모아 호신강기를 펼치는 것은 물론, 양손을 들어 자신의 미간을 방어했다.

하지만 이 세상에 심검이 베지 못하는 것은 없다.

이 세상에 베지 못하는 것은 없다는 것이 곧 심검의 정의임으로.

소소에 덧씌워진 반투명한 검신은 후잔해의 머리를 뚫고 그 뒤로 수줍게 끝을 내비쳤다.

털썩.

피월려가 심검을 거두자 후잔해는 그 앞에 무릎을 꿇었다.

그리고 그대로 꼬꾸라졌다.

"……."

"……."

"……."

피월려는 자신을 경악한 눈으로 바라보는 세 마인을 완전히 무시한 채, 몸을 돌려 천천히 혈적현에게 다가갔다.

혈적현이 안도의 미소를 지으며 말했다.

"잘 돌아왔다, 피월려. 네가 아니었으면 난 죽었을 것이다."

피월려는 소소를 품에 넣으며 나지막하게 말했다.

"겨우 초마급 마인 넷에 공방육보가 패배하면, 내 평판이 극히 낮아질 것 같아 어쩔 수 없이 도와준 것이다."

혈적현은 자신의 안대를 툭툭 건드렸다.

"자보가 없어, 초마급 마인의 움직임을 쫓을 수 없었다."

"세간이 언제 그런 디테일에 신경이라도 쓰는 줄 알아? 지면 진 거고 이기면 이긴 거야. 그러니, 다음부턴 질 생각 하지 마."

"뭐? 지태일?"

피월려는 피식 웃더니, 대화의 주제를 돌렸다.

"그나저나 천마신교의 꼴이 어떻게 하다가 이렇게 되었지? 장로가 교주를 직접적으로 공격하다니."

혈적현은 어깨를 들썩였다.

"공격이라니? 좀 놀아 준 거야, 교육 목적으로."

"뭐?"

"저들에게 가르침을 주려고 했던 것이다. 안 그런가, 천서존?"

그 말에 천서존은 눈을 동그랗게 떴다.

세 마인은 서로를 돌아보았다.

피월려는 눈을 게슴츠레 뜨곤 혈적현에게 물었다.

"진심이냐?"

혈적현은 고개를 끄덕였다.

"그래, 진심이다."

천서존은 눈치가 빨랐다.

그는 스리슬쩍 포권을 취했다.

"가르침에 감사드립니다."

천서존의 말에 두 마인도 이내 포권을 취했다.

"감사합니다."

"감사합니다."

혈적현은 피월려의 어깨를 툭 한 번 쳤다.

"가자. 전장 쪽도 운정 도사가 잘 마무리했을 거다. 이 이상은 술이 빠지면 안 되지. 천서존."

그 말에 천서존이 마른침을 삼켰다.

"예, 교주님."

"자네도 들어와서 한 잔 받지. 우리보다 나이도 어린 것 같은데."

천서존은 눈치를 살피다가 곧 포권을 더욱 올렸다.

"조, 존명."

그렇게 말한 혈적현은 터벅터벅 대전을 향해 걸었다.

천서존은 믿을 수 없다는 듯 혈적현의 뒷모습을 바라보았다.

이내 피월려도 걸음을 옮기며 천서존에게 말했다.

"내가 왜 그에게 교주 자리를 양보했는지 이제 아시겠소?"

"……."

천서존은 감히 말을 할 수 없었다.

*　　　*　　　*

덜컹.

운정과 서가령은 문을 부숴 버리듯 밀치며 대전 안으로 들어왔다.

대전 중앙에는 혈적현, 피월려, 천서존이 앉아 막 술잔에 술을 따르고 있었고 악존은 혈적현 뒤에 가만히 서 있었다.

운정과 서가령의 두 눈은 그중 한 사람에게 쏠려 있었다.

"심검마선!"

"심검마선!"

피월려는 씩 웃으며 말했다.

"서 장로, 오랜만이오. 그리고 운정 도사? 얼른 오시오. 내가 없는 동안 내 친우에게 아주 잘 대해 주었다고 들었소. 내가 술을 안 권할 수가 없소."

서가령이 말했다.

"밖에 후잔해 장로가 죽어 있던데, 혹 심검마께서 하신 일이오?"

피월려가 말했다.

"교주에게 적의를 드러냈으니, 율법대로 처리한 것이오. 그런데 아직 거기 있소? 요즘 마조대가 일을 잘 못하나 보오. 내가 떠날 때만 해도, 알아서 다 치우고 했을 텐데 말이오."

서가령은 입을 살짝 벌렸으나, 곧 다물었다.

마인이 색이를 거행했다면, 그 누구라도 죽음을 면치 못하는 것은 자명한 사실.

혈적현이 물었다.

"전쟁은?"

운정이 포권을 취했다.

"명대로 그들을 저지했습니다."

"어떻게?"

"잘 타일러 돌려보냈습니다."

그 말에 피월려와 혈적현 그리고 천서존의 눈이 조금 커졌다.

피월려가 나지막하게 말했다.

"더욱 술을 권해 주고 싶군."

운정은 포권을 내린 뒤에, 천천히 그들에게로 다가갔다. 그리고 그들이 미리 비워 둔 자리에 앉았다.

혈적현이 아직까지 서 있는 서가령에게 말했다.

"이후 일은 어르신에게 부탁하고 싶습니다. 괜찮겠습니까?"

서가령은 깊은 눈빛으로 네 명을 한 번씩 번갈아 보다가 이내 몸을 돌리며 말했다.

"알겠소, 교주. 한데 혹 흑룡대주와 흑룡대는 오지 않았소? 우리보다 먼저 전장을 떠났는데?"

운정 또한 의문을 담은 표정으로 혈적현을 보았다.

혈적현은 잠시 고민하다가 말했다.

"흑룡대는 본래 본교 내부의 알력 다툼에 언제나 중립을 지켰지요."

"하여간, 여전하구먼."

그녀는 혀를 차며 대전 밖으로 나갔다.

피월려는 운정 앞에 있는 빈 잔에 술을 따라 주며 말했다.

"입신을 축하하오, 운정 도사."

그 말에 혈적현과 천서존의 눈이 마주쳤다.

운정이 술잔을 받으며 말했다.

"제 스스로가 입신임을 확신하지 못하는데, 심검마선께서는 어찌 아십니까?"

피월려는 술을 다 따르곤 술병을 운정 앞에 두었다.

운정은 그 뜻을 알아듣고 술병을 들고 피월려의 잔에 따랐다.

피월려는 잔을 받으며 대답했다.

"흑과 백의 전쟁을 막았으니 입신이 아니라면 무엇이오?"

술은 다 따른 운정이 술병을 내려놓으며 말했다.

"그것이 어찌 입신의 증거가 됩니까?"

피월려는 잔을 들며 말했다.

"불가능한 것을 해냈는데 그게 입신이지 무엇이 입신이오?"

"……."

운정은 아무 말을 하지 않았다.

그의 시선이 살짝 아래로 향했는데, 그 질문을 듣고는 상념에 빠진 듯했다.

이내 눈치를 보던 천서존이 술병을 들고는 얼른 혈적현의 잔과 자신의 잔에도 따랐다. 그러곤 술잔을 들어 보였다.

혈적현도 술잔을 들며 운정에게 말했다.

"태극마선도 같이 건배하시오."

운정은 그 말을 듣고서 자신의 실수를 자각하고는 술잔을 들었다.

넷은 함께 술을 마셨다.

혈적현이 말했다.

"홍미진진한 지옥 이야기는 끝으로 남겨 두고, 태극마선부터 말씀해 보시오. 전쟁을 어떻게 막았소?"

운정은 잠시 기억을 정리하고는 설명하기 시작했다.

모두들 진지하게 그의 이야기를 들었는데, 특히 조랑랑과의 대화에 대해서 깊은 관심을 보였다.

운정이 말을 끝내자, 혈적현은 턱에 손을 가져가며 말했다.

"죽음에 고정한다는 것과 봉인이 다른 말이던가? 그 말을 신용할 수 있겠나?"

그 말에 천서존이 대답했다.

"어디서 읽었던 서적에서 사람은 두 번 죽는다고 표현했습니다. 한 번은 육신이 죽었을 때 그리고 두 번은 잊혔을 때 말입니다."

피월려는 고개를 끄덕였다.

"하기야, 사람은 죽어도 다른 이들의 기억과 추억 속에 남아 여전히 영향력을 행사하긴 하지. 거기서도 모두 죽어야지만 그 사람은 진정으로 죽는 것이다."

운정도 덧붙였다.

"이를 불사(不死)인 신들에게 그대로 적용할 수 있을 듯합니다."

이 말에 혈적현이 턱을 매만졌다.

"정리하자면, 본래 황룡은 낙양의 지하에서 죽음에 고정되어 있었다. 하지만 진설린을 통해서 환세하려고 하여 그를 봉인했지. 그러나 이는 죽음에 고정된 것과 다르다. 전에 황룡은 사방신에게 영향을 미쳐 수호신으로 부렸으나, 지금은 영향을 미치지 못해서 사방신이 전쟁신이 되었다. 이런 결론이군."

피월려는 고개를 끄덕였다.

"그렇겠지. 우리가 이 차이를 몰랐기 때문에, 지금까지 린매에게서 황룡을 분리하지 못한 게 아닌가 싶다. 제갈극이라면 이 차이를 듣고 즉시 제대로 된 방도를 공부하여 알아낼 수 있을 거라 생각한다."

운정이 말했다.

"제가 들은 내용이니, 제가 직접 설명하는 편이 좋을 것입니다. 이따 만나서 이야기하겠습니다."

이후 모두들 말이 없자, 천서존이 조심스레 말을 꺼냈다.

"교주님."

"응?"

"저희 진마교에 대해선 어떻게 하실 생각입니까? 혹 제게 자비를 베푸신 것처럼, 모두에게 자비를 베푸실 순 없습니까?"

혈적현이 그를 물끄러미 보다가 말했다.

"자비를 베풀면? 어차피 마단을 만들 수 없는 이 상황에서 그것이 무슨 의미가 있지? 내가 아까 후잔해 장로에게 말했던 것처럼, 천마오가는 어쩔 수 없이 쇠락의 길을 걸을 것이다."

"혈마석이 있지 않습니까? 거의 완성 단계라고 들었습니다."

"아하, 네가 자비를 베풀어 달라는 것이 오늘의 일을 용서해 달라는 것은 물론이고, 혈마석까지 달라는 그런 뜻이었느냐?"

"……."

천서존은 감히 더 말할 수 없었다. 자기가 들어도 자신의 요구가 참으로 뻔뻔했기 때문이다.

혈적현이 그를 노려보며 말했다.

"너희 진마교가 추구하는 진정한 정통적인 마교. 그 마교의 방식이라면 내가 오히려 너희 진마교를 모두 멸하는 것이 마땅하다. 안 그런가, 천 가주?"

천서존은 고개를 더욱 숙이더니 말했다.

"그러나 혈마석을 허락지 않으시면, 교주께서 저희를 용서하신다 한들 저희는 교주님의 말대로 멸망할 것입니다. 그러니 저희를 용서하시고 혈마석을 허락지 않는 것은, 저희를 용서하지 않으시고 멸하시는 것과 다름이 없습니다."

"흥, 가관이구나."

혈적현의 코웃음에 천서존은 천천히 자리에서 일어났다. 그리고 뒤로 살짝 물러나더니 머리를 땅에 박고는 공손히 말했다.

"그러니 저희를 멸하시려면 멸하시고, 그것이 아니시라면 혈마석을 허락해 주십시오."

혈적현은 전혀 변함이 없는 눈빛으로 그를 내려다보았다.

그런데 그때 운정이 말했다.

"그러고 보니 아직 보고드리지 않았군요. 이계에서 혈마석을 이용한 자들이 모두 폐인이 되었습니다. 한 달도, 아니, 보름도 되지 않아 이성을 제대로 유지하지 못했습니다. 그러니 그것은 마단을 대체할 수 있는 것이 못 됩니다."

그 말에 천서존이 고개를 확 들었다.

그의 눈빛은 절망이 가득했다.

혈적현이 말했다.

"그것이 하루아침에 되리라고는 생각지 않았다."

운정이 단호하게 말했다.

"마단이란 본래 현무를 죽음에 고정하여 얻은 부산물로 사람의 신체를 능히 바꿀 힘이 있습니다. 그러나 혈마석은 중원의 술법과 마법 그리고 기타 기학(氣學)을 집대성하여 유사하게 만든 것에 불과합니다."

피월려가 나지막하게 말했다.

"그렇게 따진다면 선공 또한 마찬가지이오. 인간에게 없는 산의 정기를 흡수하여 인간의 신체를 선체로 만들어 신선과 유사하게 만들지 않소? 그로 인해 신선들의 것을 사용케 하지."

운정이 그를 바라보며 말했다.

"하지만 선공은 그 실험 때문에 고통받는 사람이 없습니다."

피월려가 살짝 웃으며 말했다.

"신선이 되기 위해선 화식을 멀리하고 수경신을 지키는 등 여러 고통이 따르지. 이를 고통이 아니라 하겠소?"

"그것은 자발적인 것입니다. 강제되었거나 속아서 하는 것이 아닙니다. 그러나 동의 없이 혈마석에 관련된 실험을 아무 사람에게나 거행한다면, 이는 분명 잘못된 것입니다."

이에 천서존이 말했다.

"그렇다면 천마오가의 사람들이 직접 하겠소. 우리의 생존이 걸린 문제이니, 우리는 이에 관하여 생명을 걸지 않을 이유가 없소."

그 말에 피월려는 어깨를 들썩였다.

"해결됐군."

그때 지금까지 말이 없었던 악존이 운정과 슬쩍 눈을 마주치고는 혈적현을 향해 포권을 취하더니 말했다.

"교주님, 혈교를 위해서도 부탁드리겠습니다. 만약 천살성을 위한 특수 혈마석을 만들어 주신다면, 혈교는 다시 본교에 속할 것입니다."

혈적현은 고개를 끄덕였다.

"안 그래도 그쪽으로도 논의하고 있던 중이었소. 보장할 수는 없지만, 해 볼 것이오."

이에 천서존이 그를 향해서 포권을 취했다.

"혈마석의 문제가 해결되고 천마오가가 다시 모인다면, 진마교도 더 이상 진마교로 남아 있을 이유가 없습니다."

이에 모두가 만족한 듯 고개를 끄덕였다.

그런데 그때 마조대원 하나가 대전의 문을 열고 들어왔다.

그는 천서존이 무릎을 꿇고 있는 것을 확인하고는 마른침을 삼켰다.

그러곤 그 자리에서 부복하더니 말했다.

"속보입니다. 나지오 부교주께서 보내셨습니다."

그는 품속에서 두루마리를 꺼냈다.

혈적현이 말했다.

"거기서 읽어라."

마조대원은 포권을 취했다.

"존명."

피월려가 혈적현을 보자, 혈적현이 작은 목소리로 말했다.

"부교주는 화산에 가 있다."

그때 마조대원이 두루마리를 활짝 펼쳐 들고 천천히 읽기 시작했다.

"강령학주 고바넨에 의해 창설된 강령학파의 이계 마법사들이 곤륜산을 거점으로 삼아 곤륜파를 포함한 수많은 무림인들을 죽이고 그 시신을 그들의 마법으로 부린다. 그들은 그 망인(亡人)들을 이끌고 사천 서무림을 침공하여, 사천에 있는 모든 문파가 흑백을 가리지 않고 방어 중에 있다. 그러나 전투 중 사망한 이들이 즉시 적의 전력으로 뒤바뀌니, 전세가 급격히 악화되는 실정이다. 지금 그들을 막지 않으면, 그들의 세력은 계속해서 불어날 것이고, 결국 천마신교의 힘으로도 막을 수 없는 수준에 이를 것이다. 그러니 천마신교는 최대한 빠른 시일에 모든 교인들을 모아 사천무림을 지원하길 바란다. 천마신교 부교주 태룡향검 나지오."

마조대원은 두루마리를 접고는 고개를 숙였다.

그 말을 들은 혈적현과 피월려는 아리송한 표정을 지었다.

피월려가 말했다.

"망인들이 공격을 한다? 모든 교인들을 지원해 달라는 말을 하는 것을 보니, 상황이 매우 심각한 것 같기는 한데……."

혈적현이 심각한 표정으로 대꾸했다.

"최근에 내가 서찰을 보냈었다. 당시 나는 너도 없고 운정도사도 없는 상태에서 배신까지 당해 절망적인 상황이었지. 때문에 부교주가 최대한 빠르게 복귀할 줄 알았다. 하지만 오히려 나에게 지원을 보내 달라고 하는 것을 보면, 상황이 말이 아닌가 보군."

"배신?"

"조고라는 청룡궁의 아이인데, 공방전에 잠입했었다. 모종의 수법으로 용아지체를 숨긴 것이겠지. 아마 마단을 먹고 역혈지체를 이루지 않았나 싶어."

"……."

피월려가 아무 말 하지 않자, 혈적현이 말을 이었다.

"아무튼, 부교주 또한 당황스러울 것이다. 그가 화산에 간 이유는 정채린의 누명을 벗기기 위함이야. 하지만 그런 엄청난 일이 기다리고 있으리라고는 생각도 못 했을 것이다."

피월려는 운정을 바라보았다.

"운정 도사는 그들을 잘 아시오? 그들의 능력은 어떻소?"

운정은 경험한 대로 대답했다.

"전에 마법사들을 이끄는 고바넨과 전투를 벌인 일이 있습니다. 당시 그는 무허진선을 자신의 수족처럼 부리고 있었습니다."

피월려는 무허진선을 무림맹주로서 알고 있었지만, 그 진면목이 어느 정도 되는지 어렴풋이 짐작할 뿐, 본 적은 없었다.

그가 말했다.

"무허진선의 무위는 어느 정도 되었소?"

"무한한 내력을 가진 듯했으나, 망인는 망인. 본능적으로 반응하고 명령을 수행하는 인형에 불과하여, 정확히 어느 정도의 수위라고 말하긴 어렵습니다."

"무한한 내력을 지녔다? 입신의 특성을 몇몇 가지긴 했나 보군."

"문제는 그와 동시에 뒤에서 마법을 시전하는 고바넨입니다. 당시 그녀는 전투에 경험이 없어 제가 기지를 발휘하여 이겨 냈지만, 경험이 점차 쌓이면 무서운 속도로 성장할 것입니다. 아니, 이미 성장했을지도 모르겠군요. 사천의 상황을 보면."

피월려는 깊은 한숨을 쉬었다.

"흐음, 마법이라. 나는 역혈지체로 인해 마법에 대한 방어가 되지 않소. 아마 제갈극과 함께 싸운다면 모를까. 운정 도사는 어떻소? 당시에 어떻게 마법에 대응할 수 있었소?"

운정이 대답했다.

"마법을 무효화하는 옷을 입고 있었습니다. 지금도 마찬가지이지요. 이것은 용골로 짜낸 옷으로, 이를 입고 있으면 어떠한 마법에도 걸리지 않습니다."

그 말에 혈적현이 눈빛을 빛냈다.

"용골이라? 그렇다면 그 옷 자체가 용골로 되어 있다는 것이오?"

운정은 고개를 끄덕였다.

"그렇습니다. 보시겠습니까?"

혈적현은 고개를 끄덕였고, 운정은 드래곤본 클록을 벗어 주었다.

혈적현이 그것을 자세히 살피는 동안 피월려가 말했다.

"운정 도사, 아까 망인이 된 무허진선이 본능적으로 움직인다고 하셨으니, 혹 다른 마법사들이 부리는 망인들도 똑같이 본능적으로 움직일 것 같소?"

"아마, 그럴 것입니다. 망인의 자의식이 너무 강해지면, 마법사가 이를 감당할 수 없습니다. 그러나 그런 취약점이 있는 대신 강점도 있습니다. 망인은 감정이 없어 두려움을 전혀 모르고 조금도 지치지 않습니다."

피월려는 눈을 살짝 찌푸렸다.

"본능적이나, 두려움이 없고 지치지 않는다? 그렇다면 하수에게 강하지만, 고수에겐 약할 것이오. 소수 정예로 마법사들을 먼저 사살하는 방법이 가장 좋을 것 같소."

운정은 딱딱하게 말했다.

"다시 말씀드리지만 망인 자체가 강한 것보다도, 그들을 조종하는 마법사들의 마법이 강력합니다. 중원은 마나가 풍부하여 마음껏 마법을 시전할 수 있기 때문입니다. 마법에 대한 대비 없이 그들을 공격하는 것은 자살행위입니다."

"하지만 만약 그것이 사실이라면 이를 나지오 부교주가 간파하지 못했을 리 없소. 망인보다 마법이 문제라면 서신을 그렇게 썼을 것이오. 화산파 또한 이계인들과 싸운 경험이 많소. 실제로 중원인 중 가장 먼저 이계로 넘어갔던 이들도 화산파의 매화검수들이오. 그들이라면 충분히 눈치챘을 것이오."

운정이 말했다.

"혹 마법사들이 아예 실체를 드러내지 않는 것은 아니겠습니까? 망인은 죽어도 다시 채우면 되지만, 행여나 학파의 마법사들 죽으면 손실이 클 것입니다. 그러니 뒤에 숨어서 나타나지 않는 것이지요."

피월려는 고개를 끄덕였다.

"그 추측이 가장 정확한 것 같소. 그리고 그 추측이 맞는다면, 우리가 그들을 방어하는 데는 마법에 대한 대비가 크게 필요치 않을 수 있소. 하지만 공격할 때는 필히 결국 마법을 맞닥뜨릴 것이오."

운정이 동의했다.

"그렇습니다. 마법에 대한 대비가 확실히 이뤄져야지만, 네크로멘시 학파, 아니, 강령학파를 공격할 수 있을 겁니다."

피월려는 혈적현을 보았다.

"그렇다면 청룡궁의 도움을 받지 않을 수가 없군. 오로지

용만이 마법에 면역이 될 수 있으니까."

드래곤본 클록을 살피던 혈적현이 피월려에게 말했다.

"운정 도사의 말을 듣지 못했느냐? 그들이 우리를 도우려면 황룡을 환세해야 한다는 조건을 내걸 것이다."

"도움을 청한다 하지 않았어. 받아야 한다고 했지."

"……."

"일단 나는 하북팽가를 지원하여 청룡궁과 결판을 짓고 오겠다."

"어떻게 말입니까?"

"그쪽하고 인연이 아주 없지 않아. 그리고 청룡과도 직접 대면해서 할 일이 있고."

운정이 말했다.

"청룡궁은 현실과 이면 사이에 존재합니다. 그들의 허락이 없다면 결코 청룡궁 안으로 들어갈 수 없습니다."

피월려는 살짝 웃더니 대답했다.

"나 또한 그들의 핏줄이니 내가 들어가는 데 무리는 없을 것이오, 운정 도사. 그래서 내가 백도인들을 도와야 한다는 것이고."

운정은 이해가 가질 않는다는 듯 고개를 갸웃했으나 곧 깨달을 수 있었다.

"아, 월 자 돌림?"

피월려는 미소를 지을 뿐 더 말하지 않았다.

혈적현은 드래곤본 클록을 운정에게 다시 내주었다.

“이 외투 위에 쓰인 문양을 보니, 내가 진보를 향상시키기 위해서 개발한 것과 같은 것이다. 그 문양은 내가 직접 개발한 것인데, 이계까지 이미 퍼졌나 보군.”

운정은 그것을 받으며 물었다.

“어떻게 된 일이겠습니까?”

혈적현은 후잔해의 말을 기억하며 말했다.

“아마도 조고가 청룡궁에 유출한 것이겠지. 그리고 청룡궁도 이 기술을 가지고 자신들의 뼈에 새겨 넣어 그토록 방대한 영역에 대자연의 기운을 멈출 수 있었던 것이고. 그리고 청룡궁과 함께 결탁했던 이계의 마법사들을 통해서 이계까지 흘러들어 간 것이오.”

그 말을 들으니 운정은 대강 상황을 알 수 있었다.

머혼은 어둠의 마법사들과 긴밀한 관계를 맺고 있었다. 아마 그 덕에 이 기술도 확보할 수 있었을 것이다.

또한 이것은 제국과도 연관이 있는데, 전에 머혼이 제국의 대신인 바리스타 후작을 만날 때에도, 어둠의 마법사들이 중계를 했었다.

여기까지 오자, 또 다른 생각이 났다.

제국에서 실험을 위해서 파인랜드에 풀었던 드래곤.

그 드래곤이 있었던 곳 또한 광범위한 노마나존이 펼쳐져 있었다.

그것은 아마 혈적현의 기술을 살아 있는 드래곤에게 실험했던 것이다.

그리고 그때의 결과를 통해서 청룡궁의 용들 또한 자신들의 뼈를 이용해 노마나존을 펼칠 수 있게 된 것이고.

운정은 잠시 눈을 감더니, 곧 생각을 정리하곤 말했다.

"청룡궁이 아니어도, 마법에 대해서 대항할 수단이 있을 수도 있습니다."

피월려가 물었다.

"그 옷으로 말이오?"

"아니요. 이것을 만들기 위해선 너무 많은 용골이 들어갑니다."

"그럼 어떻게?"

"제가 파인랜드에 머물러 있었던 델라이 왕국에는 타노스 자작이라는 귀족이 있었습니다. 그는 꽤 흔한 물질인 나리튬을 연구하여 그곳에 내력을 집어넣음으로써 이 용골의 효과와 같은 효과를 내는 신기술을 발견했었습니다. 지금은 행방이 묘연한데, 그를 찾아 도움을 받을 수 있다면, 내력을 쉽게 주입할 수 있는 무림인들이 충분히 마법사들을 상대할 수 있을 겁니다."

"흐음."

"혹은 다수의 마법사들을 지원받는 것도 하나의 수입니다."

혈적현은 피월려와 운정을 돌아보더니 말했다.

"일단 그러면 각자의 방법으로 마법에 대한 방비책을 강구하도록 하지."

이에 피월려가 말했다.

"중요한 건 시간을 끄는 것이다. 마법사들이 마법을 쓰지 않고 망인들만 내보내는 그 전략에 적절히 당해 주면서 말이지."

그 말에 혈적현이 고개를 끄덕이며 천서존을 보았다.

"천서존."

천서존은 고개를 숙였다.

"예."

"이 둘이 없어도 색이를 거행하지 않겠다 나와 약조할 수 있는가?"

천서존은 포권을 취하며 고개를 더욱 조아렸다.

"제 생명을 걸고 맹세하도록 하겠습니다."

그때까지 가만히 있던 악존이 얼굴을 살짝 찌푸리며 뭐라고 하려는데, 혈적현이 그에게서 손을 들어 저지했다.

혈적현이 말했다.

"좋다, 네 말을 믿지. 이에 나 또한 혈마석에 대한 연구에

박차를 가해 천마오가의 미래를 책임지겠다. 그러니 내가 교무 회의를 열어 모든 마인들을 이끌고 사천으로 갈 때, 너희 진마교들 또한 나를 따라라."

이에 천서존이 말했다.

"존명."

혈적현은 운정과 피월려를 돌아보았다.

"이런 일이 연달아 터지다니, 참으로 불운이군. 지옥에 대해선 듣지도 못했는데, 이렇게 술자리를 파해야 한다니."

이에 피월려가 말했다.

"한시가 급한 일이니 어쩔 수 없지. 곧 다 같이 쉬는 날이 올 것이다. 그때 질리도록 해 주마. 난 출수하고 있는 하북팽가를 따라잡아야 하니, 지금 바로 출발하겠다. 올 때 선물을 들고 올 테니 기대하고."

그렇게 말한 피월려는 운정을 향해 포권을 취하고는 그 자리에서 먼지처럼 사라졌다.

운정도 혈적현을 보고 말했다.

"저 또한 이계에 가서 방도를 찾아보겠습니다. 그 전에 잠시 제갈극을 만나려 하는데, 혹 어디 있는지요?"

혈적현이 말했다.

"전에 말했던 것처럼 실험실이나 공간이동진에 있을 것이다."

운정은 고개를 끄덕이더니 말했다.

"알겠습니다. 그러면 천마신교의 교인들을 잘 설득하기를 빕니다."

혈적현은 비릿한 미소를 지었다.

"그거야 내가 해야 할 일이니 걱정 마라."

곧 포권을 취해 보인 운정 역시 그 자리에서 사라졌다.

혈적현은 눈동자를 돌려 빈 술잔들을 바라보았다.

그러곤 눈을 찬찬히 감고 중얼거리듯 말했다.

"머리가 터질 것 같군. 마봉을 봐야겠어."

*　　　　*　　　　*

운정은 지고전으로 갔다.

그가 들어가려고 하자, 제갈극의 패밀리어, 모호가 그를 반겼다.

"주인께서는 이곳에 계시지 않습니다."

"실험실을 고치고 있지 않습니까?"

"이미 전부 고치셨습니다. 지금은 공간 마법진을 만들고 계시지요. 실험실에는 아무도 들이지 말라고 하셨습니다."

운정은 잠시 고민하더니 말했다.

"심검마선이 돌아온 것을 보면 아이시리스가 정채린의 봉인을 푼 것 같았는데 그 둘이 어디 있는지 압니까?"

"정채린은 실험실 내부에서 안정을 취하고 있고, 아이시리스는 주인님과 함께 있는 것으로 알고 있습니다. 죄송하지만 안으로는 들어가실 수 없습니다."

운정은 포권을 취한 뒤에 지고전을 떠났다.

그는 지나가는 시녀와 마조대원들에게 물어, 공간 마법진에 대해서 물었다. 그리고 그 위치대로 가자, 원통형의 큰 건물 하나가 나왔다.

그것은 마치 델라이의 NSMC를 연상시켰다.

그 앞에는 아무도 없어 운정은 별다른 제지 없이 그 안으로 들어갈 수 있었다.

위잉, 위잉.

귀를 먹먹하게 만드는 소리와 함께 아름답기 그지없는 금빛 마법진이 말로 표현할 수 없는 방향으로 돌아가고 있었다. 상하, 좌우, 전후 외에 다른 방향으로도 돌아가고 있었기 때문이다. 굳이 표현하자면 밖과 안이 끊임없이 뒤바뀌니 내외라고 해야겠지만, 그것도 일부분을 표현한 것에 불과했다.

운정은 그 마법진과 동일한 것을 전에 보았다. 차원이동을 할 때 보였던 테서렉트(Tesseract), 즉 정팔포체(正八胞體)와 비슷했다. 하지만 그보다 더 복잡하여 면의 개수가 이십을 훌쩍 넘는 듯했다.

그 아래에는 제갈극과 아이시리스가 있었다. 제갈극은 눈을 감은 채로 조용히 집중하고 있었고, 아이시리스는 지팡이를 높게 든 채로 입술을 달싹거렸다.

운정은 그 마법진의 영향권 밖으로 물러나 팔짱을 끼고 그들을 지켜보았다.

얼마나 시간이 지났을까?

제갈극은 눈을 뜨며 이마를 한 번 훔쳤고, 아이시리스도 지팡이를 내렸다.

그러다가 그 둘은 동시에 운정 쪽을 바라보았다.

“운정 도사?”

“마스터?”

운정은 살짝 웃어 보였다.

“매우 바쁜 듯하오. 다 끝난 것이오?”

제갈극은 한숨을 내쉬더니 고개를 저었다.

“더 해야 할 것이 남았지만 심력이 바닥을 보여 더 이상 진행할 수 없다. 자고 나서 계속해야겠지.”

그는 곧 터벅터벅 걸어서 공간 마법진 밖으로 나왔다.

아이시리스도 그를 따라 나오며 운정을 향해 말했다.

“심검마선은 만나 보셨어요? 귀환하자마자 한마디 하시고는 바로 사라지셨는데.”

목소리가 쾌활한 것이 제갈극만큼 지쳐 보이지는 않았다.

"잘 만나 보았다. 많이 수고했더구나. 힘들지는 않았느냐?"

아이시리스는 앞서 걸어가는 제갈극을 향해서 고개를 까닥했다.

"안 그래도 도움을 요청했지요. 그래서 빠르게 역소환할 수 있었고."

운정은 그녀와 함께 걸어 나가며 말했다.

"의외로구나. 그가 도와주다니."

"제가 이걸 도와주는 대가로 해 줬어요. 하지만 도와주고 싶은 생각이 원래 있었던 것 같긴 해요."

제갈극은 몸을 확 틀더니 말했다.

"그런 생각 한 적 없느니라. 서로 돕는 편이 더 빠를 것 같아 한 것뿐이지. 그런데 운정 도사는 왜 이곳에 왔느냐?"

"태학공자를 보기 위함이지요. 곧 이계로 떠나야 할 것 같아서 말입니다."

그 말에 아이시리스가 운정의 앞을 막더니 고개를 올려서 운정을 보았다.

"정말로요? 이대로 가신다고요?"

운정은 고개를 끄덕였다.

"시급한 일이 생겨서 그래야 할 것 같구나. 넌 어떻게 하겠느냐?"

"……."

아이시리스는 고개를 살짝 숙이고는 대답하지 못했다.

그런 그녀를 물끄러미 보던 제갈극이 이내 운정에게 눈길을 돌리며 말했다.

"그럼 떠나면 되지, 굳이 날 볼 이유가 있느냐?"

운정은 살짝 웃으며 말했다.

"말씀드리고 싶은 것이 있습니다. 아이시리스도 같이 있을까?"

아이시리스는 고개를 끄덕였다.

제갈극은 고개를 도리도리 흔들었다.

"본좌의 심력이 바닥났느니라. 쉬어야 하느니라."

"마법사는 잠을 자거나 취미 생활을 하면서 포커스를 회복하기도 합니다만, 다른 사람과의 대화하면서 회복하는 것이 가장 빠르지 않습니까?"

"……."

제갈극이 아무 말도 하지 못하자, 아이시리스가 그에게 다가가서 말했다.

"마스터의 말이 맞아요. 잠깐 차라도 마시죠."

제갈극은 입술을 삐쭉이더니, 곧 몸을 확 돌리면서 말했다.

"크흠, 어디까지나 심력의 회복을 위함이니라. 크흠, 크흠. 본좌가 경치가 좋은 곳을 알고 있으니, 그리로 가자."

그 말에 운정과 아이시리스는 동시에 의외라는 표정을 짓고 서로를 바라보았다.

제갈극이 그들을 이끌고 간 곳은 지고전. 그 안에 있는 제갈극의 개인 호수였다.

앞서 간 제갈극은 먼저 정자에 있는 의자 하나에 앉아, 모호에게 다과를 내오라고 명했다.

"확실히 경치가 좋긴 하죠."

아이시리스는 운정에게 조용히 속삭인 뒤에, 다른 의자 하나에 앉았다. 운정도 희미한 미소를 짓고는 남는 곳에 앉았다.

제갈극은 호수 쪽으로 시선을 두며 말했다.

"그래서, 본좌에게 말할 것은?"

운정이 대답했다.

"가장 먼저로는 혈마석에 관한 것입니다. 그것으로 마단과 혈단을 정녕 대체할 수 있으리라 믿으십니까?"

"그리 말하는 것을 보니, 혈마석을 심은 자들의 말로가 그리 좋지 못했나 보구나."

"한 달도 되지 않아 마성에 잠식당했습니다. 때문에 조금 회의적인 생각이 들기는 합니다."

제갈극은 전혀 감정의 동요 없이 말했다.

"처음 마단이 나오고 역혈지체가 나왔을 때도 그러했다. 지금 천마신교에서 마성을 다스리는 수많은 방법들은 천 년간의 경험 끝에 나온 것이다. 게다가 지금 혈마석은 정확히 말하면 인공 단전의 역할까지 감당한다. 중원에서는 그렇게까지 할 필요 없이 역혈지체만 만들어 주면 되는 것이기에, 좀 더 마성이 옅은 방법으로도 충분히 가능할 것이다."

피월려, 혈적현 그리고 제갈극의 생각이 모두 같으니, 운정은 자신의 생각이 편향되었음을 인정하지 않을 수 없었다.

"그렇군요. 알겠습니다. 제가 마공과 반대되는 무공을 익히다 보니, 객관적인 판단이 서지 않은 듯합니다."

제갈극은 슬쩍 눈길을 돌려 운정을 보았다가 곧 다시 호수를 보았다.

"또 있느냐?"

확실히 그는 대화가 귀찮은 듯 보였다.

운정이 말했다.

"'봉인' 그리고 '죽음에 고정되는 것' 이 둘에는 차이가 있습니다."

그 말에 제갈극의 표정이 대번에 바뀌었다.

그는 이마에 내 천 자를 그리며 운정을 바라보았다.

"뭐라고?"

"신을 죽음에 고정하는 것과 봉인하는 것에는 분명한 차이가 있습니다. 이 때문에 진설린과 황룡을 분리하지 못한 것이 아닌가 하는 의심을 심검마선이 했었습니다."

제갈극은 입을 살짝 벌렸다.

"어떤 차이가 있느냐?"

운정은 들은 그대로 설명했다.

"모든 것에는 허와 실이 있습니다. 그 둘 모두에 영향력을 미치지 못하는 것이 봉인이며, 허에만 영향을 미치는 것이 바로 죽음에 고정하는 것입니다. 청룡궁의 사람이 그렇게 말했으니, 거짓일 수도 있습니……."

제갈극은 탁자를 치며 운정의 말을 막았다. 그 말만으로도 모든 것을 이해한 듯싶었다.

"과연… 과연 그러하구나. 그렇기에… 그렇기에 황룡이… 아하, 단순히 황룡의 환세를 역으로 하면 안 되는 것이야. 그렇게 하면 억제만 할 수 있을 뿐이지."

제갈극은 고개를 마구 끄덕이며 계속해서 생각에 생각을 더했다.

때마침 모호가 다과를 내왔는데, 제갈극은 주변에 어떠한 관심도 없는 듯했다.

아이시리스는 과자를 먹으며 운정에게 말했다.

"마스터."

"응?"

"아무래도 전 중원에 남을래요. 마스터가 간다니까 마음이 조금 흔들렸지만, 그래도 전 여기 남는 게 좋을 거 같아요."

운정이 작은 미소를 지었다.

"후회하지 않을 자신이 있느냐?"

아이시리스는 어깨를 한 번 들썩이더니, 제갈극을 흘겨보았다.

"저도 이번에 처음 알았는데, 제가 똑똑한 사람을 좋아하더라고요."

"그래?"

"예. 솔직히 저보다 똑똑한 사람을 만나 본 적이 없으니까, 모를 수밖에 없었죠. 하지만 이젠 알 것 같아요."

제갈극을 바라보는 아이시리스의 눈빛에는 호기심이 가득했다.

운정이 말했다.

"그 상대가 제갈극이더냐?"

아이시리스는 고개를 끄덕였다.

"최근에 어머니한테 조언을 들었거든요. 남자에 관해서."

"무슨 조언을 하셨느냐?"

"뭐, 설명하자면 길어요. 그냥 이런저런 이야기예요. 그중에 동의하는 부분도 있었고 동의가 안 되는 부분도 있었고 그런데, 가장 마음에 와닿은 이야기는 바로 질리지 않는 남자를 만나야 한다는 거죠."

"질리지 않는 남자라……."

"어머니는 남자를 두고 계속해서 새로운 모습을 보이는 최고의 예술 작품이라고 하셨는데, 예술을 모르는 제가 그게 무슨 뜻이지 어떻게 알겠어요? 전 그 말을 그냥 공부해도 공부해도 다 알 수 없는 연구 대상? 뭐, 그쯤으로 해석했지요."

"오, 재밌구나."

아이시리스는 과자 하나를 더 집으며 말했다.

"제가 봤을 때, 태학공자만큼 그런 남자는 없는 거 같아서. 그리고 나랑 나이대도 잘 맞기도 하고. 또 듣자 하니, 태학공자도 똑똑한 아내를 찾고 있더라고요. 자기 가문을 부흥시켜야 한다나 뭐라나?"

운정의 미소가 눈까지 번졌다.

"아, 태학공자가 그런 이야기까지 네게 하더냐?"

아이시리스는 고개를 끄덕였다.

"포커스를 회복하는 데 가장 좋은 건 대화하는 거죠. 아시잖아요? 요 이틀 사이에 이런저런 시시콜콜한 이야기를 꽤 했어요."

"흐음, 그렇구나."

"어머니도 새 삶을 찾아서 떠났고. 파인랜드에 가 봤자 언니들 눈치나 봐야 하고. 그리고 위대한 가문을 세우고 싶기도 하고. 어차피 결혼해서 가정을 같이 꾸릴 남자는 한 명 아니에요? 내가 두 남자랑 살 순 없잖아요?"

"그렇지."

"그리고 제가 솔직히 저보다 똑똑한 남자를 어디서 또 만나겠어요? 세상에 존재할 리가 없다고요. 정말 중원까지 와서 이렇게 태학공자를 만난 건 천운이에요, 천운. 아마 못 만났으면 평생 독신으로 살았을걸요, 스페라 스승님처럼."

"흐음."

아이시리스는 갑자기 운정에게 크게 물었다.

"아, 맞다. 마스터는요? 스페라 스승님이랑 결혼할 거예요?"

운정은 잠시 당황하더니 대답했다.

"글쎄. 도사는 본래 가정을 꾸리지 않는다만, 더 이상 그런 규례에 얽매이지 않기는 하지."

"……."

"내가 할 일을 모두 마친다면 아마, 가능할지도 모르겠구나."

아이시리스는 운정의 어깨를 탁 쳤다.

"에이, 뭐야. 그럼 우리 두 언니들은요? 어떻게 하게요? 첩으로라도 데리고 살아요. 아, 아시스 언니는 자존심 때문에 안 되겠지만, 시아스 언니는 가능할지도 몰라요. 은근히 자존감이 낮아서."

"그럴 수는 없느리라."

운정의 단호한 말에 아이시리스의 눈빛이 게슴츠레해졌다.

"오호? 안 속네요?"

운정은 어이없다는 듯 그녀에게 물었다.

"설마, 시험한 것이냐?"

아이시리스는 그에게서 눈길을 돌리고는 말했다.

"바로 스페라 스승님한테 이르려고 했죠. 마스터가 첩을 들이는 건 절대 허락하지 않을 테니까."

"……."

"아무튼, 잘 가세요. 앞으로 또 언제 볼지 모르겠네. 태학공자는 제가 지켜보고 있을 테니까."

운정은 손을 들어서 아이시리스의 머리를 쓰다듬어 줬다.

"아마 곧 볼 수 있을 것이다. 마지막으로 한 번은 더 올 것 같으니."

그렇게 말한 운정은 자리에서 일어났다.

그리고 천천히 지고전을 나갔다.

아이시리스는 그 뒷모습을 바라보다가 툭하니 말했다.

"그럼 또 봐요, 마스터."

*　　　*　　　*

운정은 카이랄에 도착했다.

네 HDMMC는 모두 운용되고 있었다. 막대한 양의 기운이 중원에서 넘어와 카이랄을 가득 채웠다.

카이랄 중앙에 솟아오른 나무뿌리에는 알테시스가 걸터앉아 있었다. 그는 어깨를 축 늘어뜨리고 멍한 눈빛으로 앉아 있었는데, 정신이 없는지 운정이 꽤 다가갈 때까지도 눈치채지 못했다.

"아, 오셨군요."

운정은 포권을 취했다.

"휴식 중이셨습니까?"

알테시스는 한눈에 보아도 억지인 미소를 얼굴에 그렸다.

"마지막 한 걸음을 앞두고 있습니다만, 그 한 걸음이 어렵네요."

"깨달음이 부족한 것이라면 이곳에서 사색에 잠겨 있는 것보다는 차분한 마음으로 기다리시는 것을 추천해 드립니다. 오히려 잡으려고 하면 할수록 더 멀리 달아나곤 하니까요."

알테시스는 공감하며 고개를 연신 끄덕였다.

"하지만 알 듯하면서도 결국은 제자리로 돌아오는 것이 마음이 너무 답답합니다. 혹 아는 것이 있으면 알려 주실 수 있습니까?"

운정은 알테시스의 마음에 깊이 공감했다. 그가 언제나 시달렸던 것이기 때문에 더더욱 연민이 일었다.

그가 옆에 앉았다.

"스스로 깨닫는 것이 가장 좋다는 것은 이미 아실 겁니다."

알테시스는 한숨을 쉬었다. 그의 한숨 속에는 깊은 절망이 가득했다.

알테시스는 항상 목숨을 위협받는 어둠의 학파에서 오랫동안 위저드로 남아 있었다. 본인도 그랜드마스터가 되기 위해서 얼마나 노력했겠는가?

그가 말했다.

"전 수련에 집중할 수 있는 환경이 만들어지면, 언제든 그랜드마스터에 올라갈 수 있다고 생각했습니다. 하지만 아무리 노력해 봐도 제자리걸음입니다. 이대로라면 평생 깨닫지 못할 겁니다."

"조급한 마음은 금물입니다."

"문제는 그 조급한 마음을 버릴 수가 없다는 겁니다. 당장 전 네크로멘시 학파를 이끌어야 하고 이를 안정적으로 해내기 위해선 그랜드마스터가 되어야 합니다."

"……."

"그러니 혹 알려 주실 만한 것이 있거든, 무엇이든 알려 주십시오."

운정은 한 무리를 이끄는 책임을 누구보다도 더 잘 알았다.

결국 무거운 입을 열었다.

"전에 스페라가 말하길, 제겐 이미 그랜드마스터에 이를 수 있는 깨달음이 있다고 했었습니다. 혹 도움이 되지 않을까 합니다만."

알테시스가 입을 살짝 벌렸다. 그가 즉시 물었다.

"어떤 깨달음입니까?"

운정은 그때의 일을 상상했다.

"당시 전 테라 학파의 마스터 데란의 패밀리어를 회복시키기 위해서 그 패밀리어에게 마나를 불어넣어야 했었습니다. 하지만, 아무리 마나를 불어넣는다 할지라도 타인의 패밀리어를 회복시킬 수는 없지 않습니까?"

"그렇습니다. 사람의 몸을 거치니, 그 성질이 다르지 않습니까?"

운정은 희미하게 웃으며 말했다.

"때문에 전 스페라에게 순수한 마나를 공급해 달라고 했었습니다."

"순수한 마나요?"

"예. 순수한 의지가 담긴 순수한 마나 말입니다."

그 말에 알테시스의 미간이 좁아졌다.

"그게 무슨 뜻입니까? 의지가 담겨 있는 것 자체가 포커스가 섞인 것이고, 그것이 곧 순수하지 않은 것 아닙니까?"

"스페라도 그렇게 말했었지요. 하지만 제가 말한 순수한 의지란 즉 '자연의 법칙에 순응하지 않음' 그 자체였습니다. 저도 용어를 정확히 몰라 그렇게 표현했었는데, 이 말을 들었던 스페라는 제게 그랜드마스터에 올라설 깨달음이 이미 있다고 했었지요.”

“…….”

“무슨 뜻인지 혹 이해 가십니까?”

알테시스는 눈을 살짝 감더니 말했다.

“그러니까, 순수한 의지란, 순응하지 않는 그 의지 자체를 말함이라는 겁니까? 하지만 의지라는 말 자체가 그런 뜻 아닙니까?”

“맞습니다. 의지라는 말 자체가 자연의 법칙에 순응하지 않겠다와 같지요. 때문에 의지가 없는 것은 자연의 법칙에 완전히 종속되며 이는 곧 죽은 것과 같습니다. 하지만 의지를 갖추고 있는 우리들, 예컨대 지성체들은 자연의 법칙을 국소적으로 어길 수 있는 능력이 있지요.”

“그러니까요.”

“그런데 그 의지라는 것은 어떠한 목적을 가지고 있지 않습니까? 내가 여기서 일어서 걷겠다, 혹은 이 음식을 먹겠다, 혹은 잠을 자겠다, 이러한 것 말입니다.”

“예, 그렇습니다.”

“그런 의미에서, 어떤 한 의지가 ‘자연의 법칙에 순응하지 않겠다’라는 목적을 가질 수도 있는 것 아닙니까?”

알테시스의 입이 살짝 벌어졌다.

"아……."

운정은 손을 앞으로 뻗었다. 그러자 그의 등 뒤에 있던 영령혈검이 잡혔다.

그가 말했다.

"중원에는 기라는 것이 있습니다. 이 기는, 색즉시공공즉시색, 즉 무와 유가 똑같다는 사상에서부터 출발한 것입니다. 이 세상의 모든 물질은 거의 대부분 무와 같습니다. 그 무를 유로 바꾸는 것이 바로 기이지요. 때문에 이 '검'이라는 물질의 대부분을 이루고 있는 무를 기라는 것으로 채우면, 그것이 곧 '검기'가 됩니다."

"……."

알테시스가 눈을 크게 뜨고 운정의 영령혈검을 바라보았다. 영령혈검 위로 반투명한 검신이 생성되었다.

운정은 서서히 그 검기를 검강으로 채우기 시작했다.

"기는 빈 공간을 채운 것에 불과하기에, 스스로 존재할 수 없습니다. 하지만 그 무와 유가 똑같은 것이라면, 무에서부터 유를 만들 수도 있기에, 스스로 존재하는 지경까지 이를 수도 있을 겁니다. 인간의 의지로 검기를 압축하고 또 압축하여 한 공간 안에 존재할 수 있는 그 한계치를 넘으면 그것은 곧 이 세상에 실존하게 됩니다. 형상이 희미하고 무게가 없으며 운동량 또한 없던 기가, 형상이 생기고 무게를 가지며 운동량을 가지게 되는 것이지요. 이를 무림에선 강기라 칭합니다."

"……."

"제가 생각했을 때, 위저드에서 그랜드위저드가 되기 위해서 결국 겪어야 하는 변화의 핵심은 바로 포커스라고 생각합니다. 마치 기가 강기가 된 것처럼, 포커스가 집약되어 그보다 더 한 차원 높은 것이 되어야 하지요. 중원의 강기처럼 통일된 단어는 없는 듯합니다만, 그것은 포커스 자체를 품은 포커스라고 할 수 있습니다."

"……."

"의지 자체를 의지하는 그런 의지라고 보시면 될 듯합니다. 다시 말하면 '자연에 순응하지 않겠다'라는 그 생각을 한다는 것 자체가 '자연에 순응하지 않는 것'입니다. 즉 이 의지는 자기 자신을 내포하니, 이는 중첩이 가능한 것입니다."

알테시스는 손을 살짝 들었다.

"의지 자체가 자연에 순응하지 않는 것이다. 예컨대, '이 돌을 들겠다'는 생각은 '중력'의 법칙을 거스르는 것이고, '몸을 떨어 체온을 올리겠다'는 생각은 '열의 법칙'을 거스르는 것이다. 그렇다면 '자연의 법칙을 거스르겠다'라는 생각은 무슨 법칙을 거스르는가? 그 자체로 이미 거스르는 것 아닌가? 단순히 자연의 법칙을 넘어선 무언가를 거스르는 것인가?"

"……"

운정은 대답하지 않았다. 알테시스가 최대한 홀로 깨닫기를 바랐다.

알테시스는 잠시 숨을 고르곤 말했다.

"그 중첩의 의미는 대강 알겠습니다. 하지만 중첩을 한다고 해서 포커스가 다른 무언가가 되는 것은 아니지 않습니까?"

"무한하게 하셔야지요."

"무한하게?"

"기를 강기로 바꾸는 방법도 동일합니다. 무한하게 해야 합니다."

의지란 무언가를 하겠다고 마음먹는 것이다.

그러니 의지를 가지겠다고 마음먹는 것도 가능하다.

다시 말하면 의지를 가지겠다고 의지하는 것이 가능하다.

그것을 무한하게 하는 것이다.

알테시스는 고개를 마구 흔들더니 다시 물었다.

"어떻게 무한하게 중첩할 수 있습니까?"

"무한함은 유한성과 반복성으로 정의될 수 있습니다. 정의를 내리면 그만입니다. 의지란 언어로 확립되는 것이고 언어는 정의 위에 서는 것이지요. 정의는 선포하면 그만입니다."

알테시스는 그 자리에서 벌떡 일어났다.

그는 당장에라도 HDMMC에 들어가고 싶었지만 네 곳이 모두 이용 중이라 그럴 수 없었다.

그는 안타깝다는 표정을 짓다가 곧 그 자리에 다시 앉고야 말았다.

그가 운정에게 말했다.

"실마리가 잡힌 듯합니다."

"마음을 편하게 먹으세요. 조급한 마음에 의해서 오히려 달아날 겁니다."

그 말을 듣자 알테시스는 다시금 고개를 연신 끄덕이더니, 곧 마음에 손을 얹었다. 그리고 심호흡을 하며 긴장한 신경을 천천히 다스렸다.

알테시스는 곧 천천히 눈을 떴다. 그의 눈은 또렷했고, 또한 차분했다.

그가 말했다.

"조금 생각을 비워야겠습니다."

운정이 웃으며 말했다.

"깨달음이 찾아온 상태에서 생각을 비우기란 쉽지 않지요. 다른 것으로 채우는 것이 현명할 것입니다."

알테시스가 마주 웃었다.

"그리고 그것은 대화가 가장 좋습니다. 너무 제 이야기만 했군요. 중원은 어떠셨습니까?"

"근 이틀 내에 참 많은 일들이 있었습니다. 모두 이야기하자면 상당히 길겠지만, 간단하게 말씀드리면, 제가 간 목적은 이루고 왔습니다."

"어떤 목적이셨습니까?"

"중요한 인물을 지옥으로부터 데려오는 것이었습니다. 마족을 역소환해서요."

알테시스는 제갈극에게 역소환 주문을 가르쳐 준 장본인이다.

그는 손을 모으며 말했다.

"아하, 다행히 성공했나 보군요."

운정이 그를 물끄러미 보다가 물었다.

"혹 지옥에 대해서 설명해 주실 수 있습니까?"

알테시스는 운정을 돌아보며 말했다.

"마족들이 사는 곳이라 여겨지지요. 하지만 그 실상에는 많은 의구심들이 있습니다."

"실상에요?"

알테시스는 양손을 피고는 말했다.

"방금 운정 도사께서도 말씀하셨다시피, 모든 주문에는 선포가 있습니다. 다른 말로는 공리라고 하지요. 마족 소환 주문에 내재된 공리 중 하나는 바로 지옥의 실존입니다."

"흐음, 그러니까 마족 소환 주문에서는 지옥을 그저 있다 정해 놓고 시작한다는 것이로군요."

"그렇습니다. 그것이 실제로 실존하는지, 아니면 어떠한 특성들을 묶어 놓고 그것을 하나의 세상이 있다고 치며 그대로 주문을 만드는 것이 쉬워서 그랬는지는 알 수 없습니다."

"……."

"애초에 소환 주문에서도 지옥에 관한 설명 자체를 거의 하지 않습니다. 그저 지옥이란 곳에 마족들이 사는데, 그 마족을 이 세상에 실존하게 만든다는 내용만이 주를 이룰 뿐입니다. 지옥 자체에 대한 정보는 아주 일부분만 나오지요."

"그렇다면 그것의 실존을 확인할 길은 없는 것입니까?"

알테시스는 고개를 저었다.

"마족 소환 주문에서 한 가지 알 수 있는 사실은, 그것이 실존하는 것과 실존해야 하는 것에 차이가 없다는 것입니다. 그리고 이 둘 다 사실이어야지만 악마 소환 주문이 가능해지기에, 제대로 설명하지 않는 것입니다."

"그것이 무슨 뜻입니까?"

알테시스는 살짝 미소를 지었다.

"제가 마스터 운정을 가르치게 될 줄은 꿈에도 몰랐습니다, 하하하."

"하하하."

알테시스는 이내 웃음을 멈추고 설명했다.

"밤하늘 저 멀리 별 하나가 있다고 합시다. 또 그곳에는 저희와 같은 수많은 지성체들이 자기들만의 문명을 건설하며 살아간다고 합시다. 하지만 저희와 그곳은 서로 절대로 도달할 수 없습니다. 서로와 정보를 주고받을 수도 없으며 이를 확인할 수도 없습니다. 이유는… 거리가 너무 멀고 또 너무 빠르게 서로로부터 멀어진다고 가정하면 되겠습니다."

"예, 이해했습니다."

"그러한 곳에서 한 사람이 이곳에 왔습니다. 그 사람은 그 세상에 대해서 이렇다 저렇다 말을 합니다. 어떤 부류의 지성체가 있고 또 어떤 문명이 있는지 이야기하지요. 하지만 우리에겐 그 말을 확인할 길이 없습니다. 방금 가정한 사실 때문에요."

"예."

"그렇다면 한 가지 문제를 내겠습니다. 그 사람이 하는 말이 진실입니까, 거짓입니까?"

"……."

"대답을 못 하시는 것을 보니, 확실히 이해하셨군요. 혹 대답을 못 하는 이유를 말로 설명해 보실 수 있겠습니까?"

"그 사람의 말이 진실인지 거짓인지 구분할 수 없습니다."

"그리고 구분할 수 없다면 그것은 곧?"

"같은 것이지요."

알테시스는 흥미로운 표정을 짓더니 말했다.

“여기서 한 발만 더 나가지요. 거기서부터 또 다른 사람이 왔다고 칩시다. 그 사람 또한 그곳에 있는 수많은 지성체와 문명에 대해서 이야기했습니다. 문제는 처음에 왔던 사람의 말과 모순되는 부분이 있다는 겁니다. 하지만 그래도 그 둘 다 사실일 수 있겠습니까?”

“…….”

운정은 한동안 말을 하지 못했다.

알테시스는 질문을 바꾸었다.

“두 명제가 서로 모순이 있으면서도, 그 둘 다 진실일 수 있습니까?”

운정은 한참을 고민하곤 말했다.

“있다고도 없다고도 할 수 있습니다.”

알테시스의 웃음이 더욱 깊어졌다.

“그렇다면 그것이 가능한 세계를 모순 가능 세계라고 명명하고 그것이 불가능한 세계를 모순 불가능 세계라고 명명합시다. 그렇다면, 우리가 살고 있는 이 세계는 모순 가능 세계일까요, 모순 불가능 세계일까요?”

운정은 어렴풋이 답을 알았다.

“불완전성을 이야기하시는군요.”

알테시스는 고개를 끄덕였다.

“그렇습니다. 그 두 사람의 이야기가 다르고 또 모순이라 해도 우리 세상에서는 크게 상관없습니다. 마법사의 오래된 격언이 있지요. 자연은 인간이 자기를 이해하든 말든 별로 관심이 없다. 그러니 인간에게 모순이든 말든 알 바 아니다.”

“…….”

“결국 모순이라는 것도, 언어로부터 출발하는 것 아니겠습니다. 무한한 자연을 유한한 언어로 표현하니 태생부터 그 모순을 품는데, 어떻게 언어로 모든 것을 이해할 수 있겠습니까?”

“…….”

운정이 멍한 눈빛을 하고 깊은 생각에 빠지는데, 하나의 HDMMC가 서서히 가동을 멈췄다.

그리고 그곳에서부터 시아스가 걸어 나왔다.

“마스터, 오셨네요?”

알테시스는 시아스에게 살짝 고개를 끄덕여 인사하더니, 곧장 그녀가 나온 HDMMC로 향하려 했다. 운정에게 받은 깨달음을 소화하고 싶어 뛰는 가슴을 주체할 수 없었다.

그런데 운정이 그를 불렀다.

“마스터 알테시스.”

알테시스는 걸음을 멈추고 운정을 돌아봤다.

“네, 말씀하십시오.”

“죄송하지만 혹 타노스 자작을 아십니까? 머혼 백작이 섭정이 되었을 쯤에 델라이에서 실종된 분이신데, 나리튬 클록 제작 기술을 가지고 있습니다. 혹 어둠의 마법사와 연관성이 있지 않나 싶습니다만."

알테시스는 턱을 살짝 괴더니 말했다.

"아, 그러고 보니 막크가 그 이름을 한 번 언급했던 것을 들은 적은 있는 것 같습니다. 그때… 제 기억이 맞다면 제국의 집정관으로 보냈다고 했던 것 같습니다만."

"그렇군요. 알겠습니다. 감사합니다."

알테시스는 무슨 일인지 궁금증이 들었지만, 운정이 준 깨달음을 소화하는 것이 더 급했다. 그는 몸을 돌려 HDMMC로 들어갔다.

시아스는 그런 그를 물끄러미 바라보다가 운정에게 툭하니 물었다.

"타노스 자작? 그는 왜요?"

"중원에 큰일이 발생하여, 나리튬 클록이 대량으로 필요한 일이 생겼다. 빠른 시일 내에 그를 만나 도움을 받으려고 한다."

시아스는 눈을 게슴츠레 떴다.

"제가 알기론 아버지도 그를 오랫동안 찾으려고 했어요. 때문에 로튼 경이 중간에서 매우 시달렸었지요."

그러고 보니 로튼은 어둠의 마법사이자 델라이의 음지에

서 활동하는 막크와 머혼 사이를 잇는 중개자 역할을 담당했었다.

"그렇다면 로튼에게 물어보면 되겠구나. 흐음. 델라이 상황은 어떠하냐? 신무당파는?"

시아스는 알테시스가 앉았던 곳에 다시 앉더니 다리를 꼬았다.

"별일 없어요. 제자가 너무 늘어서 일이 너무 많아진 것 뿐?"

"얼마나?"

"삼백 명요."

"……."

입이 절로 벌어지는 숫자에 운정은 할 말을 잃었다.

시아스는 어깨를 들썩였다.

"여왕님이 직접 델라이의 수석 기사단으로 임명하셨잖아요. 흑기사가 가지고 있었던 전권을 줬다고요. 그런데 신무당파는 사람을 가려 받지 않아요. 이제 문제가 무엇인지 아시겠죠?"

운정이 말했다.

"조금 가려 받을 필요가 있겠구나."

"사실 나름 가려 받은 거에요. 과거 행적이 모호한 사람을 모두 제하고, 어느 정도 신용 있는 사람들만 받은 게 삼백 명이에요."

운정은 믿기지가 않는지, 멍한 표정을 지었다.

"공간은? 충분하고?"

"공간이야 천 명도 가능하죠. 아무튼 여기저기서 몰려들어서 이젠 진짜 정식 제자를 더 뽑아야 할 것 같아요. 왜, 전에 말씀하셨잖아요, 후보 생각해 두라고."

"그랬지."

"흑기사단 출신의 하냐, 미사, 벤느고. 이 셋은 탁월해요. 외공은 이미 한계에 도달했고, 내공을 익히면 금세 절정에 오를 거예요. 로튼도 마찬가지고요. 개인적으론 제게 가장 큰 도움이 될 사람이라 꼭 정식 제자로 넣고 싶어요. 그리고 테이머한슨도 마스터께서 도와주신 덕에 날로 성장하고 있지요. 그도 내공을 익히면 한층 더 빠르게 성장할 것 같아요. 일단 제 추천은 이렇게 다섯이에요."

시아스의 말을 들으며 운정은 마음이 한결 편해지는 것을 느꼈다. 실무적인 면에서 그가 크게 돕지 않았는데도, 그녀가 잘 이끌고 있는 듯 보였다.

운정은 편안한 마음에서 우러나오는 미소를 지었다.

"그리고 넌 이제 신무당파의 장로가 되어야 할 것이다, 시아스."

시아스는 퉁명스럽게 말했다.

“엘더(Elder)요. 용어를 전부 공용어로 통용했으면 해요. 어떤 건 하고 어떤 건 안 하니까 헷갈리잖아요. 마스터, 엘더, 디사이플, 어프렌티스로 통일하고, 무공이나 내공 그리고 외공이나 초절정, 절정 뭐 이런 것도…….”

운정은 더 듣지 않고도 고개를 끄덕였다.

“좋다. 네가 정하는 대로 하마.”

시아스는 운정을 물끄러미 보다가 곧 툭하니 말했다.

“그러니 엘프들에게 이야기해서 엘리멘탈의 알도 준비해 주세요. 다섯 명분으로. 스승님께서 가져오시는 대로 바로 시험을 치를 테니까.”

“그럼 지금 가져오마. 잠시 기다려라 오래 걸리지 않을 테니.”

“좋아요.”

운정은 고개를 끄덕이곤 하늘을 올려다보았다.

시아스가 의문을 담은 표정으로 그를 바라보는데, 그가 나지막하게 중얼거렸다.

[핸즈 패스트(Hands Fast).]

운정은 숲의 축복을 전신으로 느끼며 한 발자국 앞으로 발을 내디뎠다.

그러자 그는 이미 바르쿠으르에 도착했다.

동시에 몸속에 가득했던 내력이 일순간 7할 이상 날아가 버렸다.

"역시 함부로 쓸 만한 것은 아니로구나."

그는 앞을 보았다.

그가 서 있는 곳으로부터 하늘과 땅이 나뭇잎으로 변하기 시작했다.

"벽이 축복을 막고 있어."

그때 저 멀리서 누군가 달려오는 것이 느껴졌다.

물론 현실이 아닌 숲의 축복 속에서.

운정은 차분히 기다려 주었다.

이내 도착한 어린 엘프는 그를 올려다보더니 말했다.

"역시 운정 도사님이로군요. 죽기 전에 뵐 수 있어서 좋네요."

전에 보았던 디사이더였다.

그녀는 이틀 전보다 안색이 좋지 못했다. 얼굴 이곳저곳에서 곰보와 주름이 보였고, 눈동자 하나는 수시로 떨리며 제 기능을 못하고 있었다.

"몸이 많이 불편하느냐?"

그녀는 씁쓸한 표정을 짓더니 자신의 몸을 내려다보았다.

"어머니들께서 새로운 열매를 맺기 전까지는 활동해야 하는데, 노화가 생각보다 빠르네요."

"잠시 이쪽으로 오거라."

운정은 그녀를 잠시 내려다보다가 곧 손을 뻗어 그녀의 머리 위에 올려놓았다.

그녀는 기분이 좋은 듯 미소를 지었다.

“이게 손길이라는 거군요. 따뜻하고 편안해요.”

운정은 손에 내력을 집중하여, 디사이더의 몸을 한 번 훑었다.

나약한 육신은 붕괴하고 있었다.

어느 한 곳에 결함이 있어 전체에 나쁜 영향을 미치는 것이 아니다. 억지로 이어 붙였던 것이 이제 시간이 지나 흩어지는 듯했다.

운정은 자신의 내력을 최대한 순수하게 만들었다. 그리고 그 디사이더의 몸에 있는 모든 세포 안에 힘껏 불어넣었다.

이에 디사이더는 태어나서 지금껏 느껴 보지 못한 기분, 그러니까, 고통이 없는 상태를 처음 경험했다.

운정이 눈을 뜨고 말했다.

“네 육신은 본질적으로 잘못되어 있어, 수명을 늘릴 순 없지만 그동안은 네가 건강하게 지낼 수 있게 했다.”

디사이더는 입을 살짝 벌린 채로 가만히 있다가 나지막하게 말했다.

“운정 도사님은… 엘프신가요? 이건 마치 어머니께서 제게 영양분을 준 것과 같아요.”

운정은 잠시 눈을 감았다.

그러고는 말했다.

"전생이었는지도 모르지."

"……."

"아무튼 어머니께로 안내해 줄 수 있느냐?"

디사이더는 행복한 표정으로 운정의 손을 잡았다.

"물론이죠. 절 따라오세요."

운정은 소녀에게 붙들려 숲의 축복 속을 걸었다. 그러면서 주변을 휘감은 축복을 느꼈다. 축복이란 본래 오로지 엘프에게만 주어지며, 인간이라면 볼 수도 느낄 수도 없는 것이다.

"정녕 내가 입신에 올랐기 때문일까? 이것이 입신인가?"

디사이더는 운정을 살짝 돌아봤으나, 운정은 상념에 빠져 그녀를 보지 못했다. 디사이더는 이내 다시 발걸음을 재촉했다.

그들은 곧 거대한 연리지 앞에 도착했다.

디사이더는 운정을 향해서 말했다.

"시르퀴누화에 오신 것을 환영해요. 어머니들의 새로운 이름이에요."

연리지 주변의 땅은 나뭇잎으로 되어 있지 않았다.

모래였다.

그리고 두 뿌리를 가진 거대한 연리지가 그 모래 위에 우뚝서 있었다.

운정이 말했다.

"네 어머니들께 안부를 전해 주거라."

디사이더는 고개를 끄덕인 뒤, 연리지 쪽으로 고개를 돌렸다.

그녀는 곧 운정을 다시 바라보았다.

"괜찮다고 하세요. 혹 엘리멘탈의 알을 가지러 오셨냐고 묻네요."

운정은 고개를 끄덕였다.

"다섯 쌍이 필요하다."

디사이더는 이내 축복을 받아 사라졌다.

운정은 시르퀸과 우화를 찬찬히 바라보았다. 하늘을 뚫을 만큼 높이 솟아오른 그 나무는 파인랜드와 중원 어느 것에도 비교할 수 없는 크기이며 동시에 아름답기 그지없었다.

하지만 운정의 표정엔 슬픔이 가득했다.

얼마나 지났을까?

디사이더가 운정 옆에 나타났다. 그녀는 손에 줄기 하나를 들고 있었는데, 그 줄기에는 총 열 개의 열매가 줄줄이 붙어 있었다.

"여기 있어요."

운정은 그것을 받아 들면서 말했다.

"어머니들께 물어봐 주거라. 앞으로 내가 아닌 신무당파의 제자가 와도 받아 갈 수 있는지."

그 말에 디사이더가 연리지 쪽으로 고개를 돌렸다가, 다시 운정을 보았다.

"신무당파에서 우리를 수호하겠다는 그 약속을 이행하는 한 말이죠. 증표를 하나 만들까요?"

"증표?"

"네. 혹 증표로 삼으시길 원하는 물건이 있으실까요?"

운정은 잠시 고민하다가, 그가 입고 있던 드래곤본 클록을 벗었다.

그리고 그것을 디사이더에게 내주면서 말했다.

"이것으로 증표를 삼아 주었으면 하구나. 드래곤본 클록이다. 마법은 안 되겠지만, 축복이라면 모르지."

디사이더는 그것을 받아 들더니, 연리지에게 걸어갔다. 그리고 두 뿌리의 사이로 들어가더니 그 안에 무릎을 꿇고 드래곤본 클록을 양손으로 높이 들었다. 그렇게 얼마 있다가, 다시 거두어 운정에게 가지고 왔다.

"이제 이 옷은 증표가 되었어요. 이제 어머니들께서는 이 옷을 입은 사람을 자신의 자식처럼 보고 느끼실 수 있으십니다. 이를 통해 약속을 이행하는 자인지 아닌지 어머니들께서 가늠하실 것입니다. 만약 그가 합당한 자라면, 엘리멘탈의 알을 요구하는 만큼 저희가 카이랄로 가져다 드릴 것입니다."

운정은 드래곤본 클록을 내려다보았다.

아무런 차이가 없다.

그는 그것을 입었다.

역시 마찬가지로 아무런 차이가 없다.

운정은 오른손 검지와 중지를 펼쳤다. 그러자 열 개의 엘리멘탈의 알들이 살짝 떠올랐다.

그가 디사이더에게 말했다.

"고맙구나. 그럼 앞으로 짧은 인생이지만, 네 어머니들을 도와 좋은 일족을 꾸려 나가길 바란다."

디사이더는 활짝 웃었다.

"운정 도사님도 신무당파를 잘 꾸려 나가시길 희망합니다."

운정은 연리지를 바라보았다.

그러고는 나지막하게 말했다.

"안녕, 시르퀸 그리고 우화."

운정이 몸을 돌렸다.

[안녕히.]

시르퀸과 우화의 목소리다.

운정은 고개를 돌려 연리지를 다시 보았다.

역시 그대로였다.

그는 이내 디사이더를 보았는데, 그녀는 고개를 갸웃했다.

"왜 그러시는지요?"

운정은 잠시 그녀를 쳐다보다가 조용히 말했다.

"시르퀸과 우화의 말을 들은 것 같아서 말이다."

디사이더는 반대쪽으로 고개를 갸웃했다.

"어머니들의 목소리는 하이엘프만이 들을 수 있습니다. 디사이더도 들을 수도 있다고 하지만, 하이엘프보단 상당히 어렵죠."

그래서 그녀의 몸이 불완전한 것이다. 그 조절에 실패했기에, 디사이더면서 하이엘프였기 때문에.

운정은 잠시 연리지에 시선을 두었다.

하지만 그녀들의 목소리는 다시 들리지 않았다.

"내가 착각했나 보구나."

그때 디사이더가 맑게 미소 지었다.

"어머니들께서 매우 좋아하세요. 드래곤본 클록을 통해 운정 도사님을 지켜볼 수 있어서. 저는 비록 며칠밖에 살지 않았었지만, 지금껏 이토록 좋아하는 모습을 본 적이 없어요."

"하하, 그러냐? 나도 그녀들이 지켜보고 있다니 기분이 좋구나."

"앞으로도 운정 도사님과 같은 분이 신무당파의 마스터가 되었으면 하시네요."

운정은 희미한 미소를 지어 보였다.

그러고는 말했다.

"그럼 이만 가 보마."

"네. 시간이 괜찮으시면 다음에 또 들러 주세요. 지금은 괜찮지만, 죽기 전에 한 번 더 그 손길을 느껴 보고 싶어요."

운정은 물끄러미 디사이더를 보다가 나지막하게 말했다.

"알겠다."

第一百八章

카이랄도 돌아온 운정은 시아스와 함께 신무당파로 돌아왔다. 그리고 마스터 룸으로 가기까지, 시아스는 한순간도 입을 쉬지 않고 실질적인 문제들을 상의했다.

그녀는 자리에 앉으며 계속해서 말했다.

"그렇다면 그 드래곤본 클록은 단순히 엘프와의 언약의 증표뿐만 아니라 신무당파의 신물로 삼아야겠어요. 그러면 오로지 신무당파의 마스터만이 엘리멘탈의 알을 취할 수 있는 것이지요. 그런 제도라면 디사이플을 임명하는 데 있어 마스터에게 최종 권한이 생기는 것이에요. 단순히 법률상이 아니라, 실질적인 권한이."

"그렇다. 천마신교의 신물 제도와 유사하지."

"개체의 번식을 머리가 담당하는 군체와 같죠. 자연스러운 충성심을 이끌어 내요. 하지만 한 가지 문제가 있다면, 한 명에게 너무 많은 책임이 몰려 있다는 거예요. 만약 그것을 누군가에게 빼앗기기라도 한다면, 그날로 신무당파는 멸망의 길을 걸을 것이란 말이죠. 그러니 오로지 신무당파 내에서만 관리해야 해요. 절대 이 건물 밖으로 나갈 수 없게 제도적으로 만들어야 하지요. 마스터라도 말이에요."

"흐음."

"그런 의미에서 신무당파의 존망이 걸려 있는 문제에서만 그것을 착용할 수 있게 제한하는 것도 한 가지 방법이겠군요. 오로지 엘더들의 만장일치 아래서만 착용할 수 있게 하는 것이지요. 어떤 특별한 비밀 방 하나를 만들어서, 그곳에 넣어놓고 그 방을 열 수 있는 열쇠를 각 엘더들에게 하사함으로 그 제도를 현실화하죠."

"내 생각엔 그건 좋지 못하다. 시르퀸과 우화는 이것을 입은 후대 마스터들을 지켜보기 위해서 증표로 삼은 것이다. 따라서 이것을 마스터가 착용하고 있지 않는다면, 그녀들 입장에선 그 마스터가 약조를 지키는 사람인지 아닌지 가늠할 수 없어. 따라서 마스터가 항시 이 옷을 입고 있어야 한다는 생각이 든다."

"흐음, 위험성은 대단히 크지만 신무당파의 마스터에게 신물을 지킬 정도의 힘과 지혜가 없다면, 애초에 세상의 공존을 지켜 나가는 일을 수행할 수 없긴 하죠."

"가혹하긴 하다만, 나도 동의한다. 어찌 됐든 신무당파는 강하지 않으면 의미가 없으니까."

"그럼 그 문제는 그 정도로 하고, 다음으로 넘어가죠."

"벌써 네 번째 아니더냐? 얼마나 더 있는 것이지?"

"생각해 둔 것만 일단 이십 개예요."

운정은 입을 살짝 벌렸다.

"지금까지 이야기한 것보다 네 배는 더 해야 한다는 것이냐?"

시아스는 고개를 돌렸다.

"아뇨. 두 번째랑 네 번째는 지금 막 생각나서 이야기한 거지 원래 준비한 이십 개에 포함되지 않아요. 그러니 적어도 여덟 배는 더 이야기해야 할 거예요."

"……."

"아무튼 다음은 디사이플이 HDMMC보다 압도적으로 많아졌을 때의 문제예요. 제 생각으로는 HDMMC는 어디까지나 편법에 불과해요. 고작 네 개밖에 되지 않고 또 그것이 언제까지 작동할지는 알 수 없는 문제니까요."

"왜 그렇게 생각하느냐?"

"왜냐하면 전에 마스터께서 말씀하시길 그것은 카이랄이라는 그 엘프가 마스터에게 공간을 선물한 거라고 하셨잖아요? 이는 어떻게 보면 마스터의 개인의 공간이라고 봐야 하지요. 마스터가 영원히 살 수는 없으니, 마스터가 죽고 나서 그 공간이 어떻게 될지는 아무도 몰라요."

"그런… 미처 생각하지 못한 부분이구나."

"그러니 카이랄의 HDMMC는 신무당파가 처음 자리를 잡기 위해서 사용하는 일시적인 도움 정도로 생각해야 하지, 신무당파의 규율이나 제도 안에 두어서는 안돼요. 다시 말하자면, 그것은 의외의 도움일 뿐이라는 것이지요. 따라서 이번 다섯 디사이플까지는 사용할 수 있되, 그 이상부터는 사용하지 못하도록 하는 것이 옳은 것 같아요."

"흐음, 신무당파가 확고히 자리를 잡을 때까지만 말이더냐?"

"네. 제가 두 엘리멘탈을 마음속에 품어 보니 알겠더군요. 마나를 정제하는 것이 아니라 치환하는 것임을. 그러니까, 시간은 오래 걸리지만 마나스톤에서 흡수하는 마나를 조금도 낭비하지 않고 결국엔 모두 사용할 수는 있는 것이지요. 따라서 마나스톤을 기반으로 한 HDMMC를 이 신무당파 건물 내에 새로 만들어서, 따로 수련 공간을 만드는 것이 좋을 것 같아요. 그리고 그 공간 사용에 대한 권한은 엘더들에게 주어서, 신무당파의 설립 목적인 공존에 가장 많이 기여한 제자에게 상으로 베푸는 것이지요."

"좋은 생각이로구나. 동의한다."

"그럼 그건 그렇게 할게요. 다음은 디사이플 입단 테스트에 관한 문제예요. 마스터께서는 테스트의 내용에 있어서 마음, 그러니까 인성을 꼭 확인해야 한다고 하셨어요. 그러나 저는 그와 함께 무공 또한 확인해야 한다고 생각해요. 둘 다 반드시 함께 있어야 그 의미가 있다고 생각하거든요."

"물론이다. 무와 협 중 하나라도 버릴 수 없지. 내가 테스트의 내용이 협에 관련된 내용이 중점이 되어야 한다고 말하는 것은, 애초에 그 테스트에 임하기 위해선 일정량의 무공 수위가 뒷받침되어야 하기 때문이다. 다시 말하면 디사이플로 임명하기 위해서 그 이름이 거론된다는 것 자체가 무공에 있어서는 확인이 되었다는 뜻이니, 그 이후에 테스트해야 하는 것은 바로 그 협이니라."

"아하, 그런 뜻이었군요. 그러고 보니 제가 추천한 다섯 중에 넷은 모두 무공이 받쳐 준다고 생각하기 때문에 추천한 것이긴 하지요."

"한슨이 이 짧은 시간 동안 흑기사 출신인 하냐, 미사, 벤느고나 로튼의 수준에 이르긴 사실 어렵지."

"……."

"시아스, 한슨은 왜 추천한 것이냐?"

"사실 마스터께서 원하실 것 같아서 추천했어요. 그에게 특혜를 주셨으니까, 어느 정도 마음이 있으실 것 같아서요."

"그건 사실이다. 하지만 그렇다고 해서 그 이유만으로 디사이플 후보로 넣은 수는 없을 것이다."

"……."

"네가 잘못한 것이 아니라, 내가 잘못한 것이다. 애초에 그런 특혜를 줘서는 안 되는데 말이다. 연민으로 인해 충동적으로 그런 행동을 했다는 것을 인정하지 않을 수 없구나."

"그럼, 알겠어요. 한슨은 뺄게요."

"그래, 한슨은 빼고, 그 넷은 카이랄의 HDMMC를 사용할 수 있게끔 하자. 마침 숫자도 맞으니까."

"……."

"다음 안건은 무엇이냐?"

"다음은 조령령에 관해서예요. 마스터께서 중원에 가신 동안 조령령과 이런저런 깊은 대화를 나눴어요. 그녀는 신무당파에 계속해서 남아 있는 것을 넘어서 이곳에서 여생을 보내고 싶다고 했어요. 이곳이 아닌 곳은……."

"잠깐, 둘이 어떻게 말이 통했느냐?"

"간단한 말들은 좀 하던데요? 그리고 몇 번은 알테시스의 도움을 좀 받았지요."

"아하."

"아무튼 제가 말하려고 했었던 것은 뭐냐면, 그녀는 무공을 익힐 수 없는 몸이기에, 신무당파의 제자가 될 수는 없다는 점이에요. 그런데 제자가 아닌 사람이 신무당파에 살게 하는 것은 이후 후대에 안 좋은 선례를 남기는 것 같아서요."

"흐음, 확실히."

"때문에 전 그녀에게 리코더(Recoder)라는 직책을 맡기고 싶어요."

"리코더?"

"신무당파에서 주장하는 절대선인 '공존'은 사실 말로 정의하기 굉장히 어려운 개념이에요. 때문에 앞으로 신무당파가 처할 수많은 문제들에 있어서 뚜렷한 답을 제시하기 어렵지요. 그것을 해결하는 방법은 바로 최대한 많은 선례를 남겨서 그것들이 쌓이고 쌓여 시간의 흐름에 따라 서서히 발전하게 만드는 거예요."

"……."

"마스터께서 그 공존의 정의를 확립하고 싶어 한다는 건 잘 알고 있어요. 하지만 그것은 사람의 한계, 그리고 언어의 한계로 인해서 사실 불가능한 거라고 생각되어요. 그리고 스페라 객원 엘더께서 말씀하시길, 마스터께서도 후대에게 어느 정도 맡겨야 한다고도 말씀하셨다고 들었어요. 그를 위해서는 우리가 최대한 많은 기록을 남겨서 그를 통하여 공부하고 정립할 수 있게 하는 것이, 후대를 돕는 가장 좋은 방법이라 생각해요.”

“과연 그러하구나. 나도 후대에게 맡겨야 한다는 생각만 했지, 그것에 관해 구체적으로 생각하지 못했어, 아니, 상당히 많은 부분에 대해서 구체적이지 못했지.”

“괜찮아요. 마스터께서는 기틀을 마련하시느라고 바쁘시니까. 기둥을 세우는 일은 제가 담당할게요. 그래도 아버지한테 물려받은 게 있는지, 막상 해 보니까 제가 좀 잘하는 거 같아요.”

“고맙구나. 네가 없었다면 신무당파는 한 세대도 버티질 못했을 것이야.”

“그리도 마스터가 없었다면 제 몸은 일 년도 버티질 못했겠지요. 그러니 그런 말은 접어 두세요.”

“하하하.”

“그럼 조령령은 리코더로 임명하는 걸로 할게요. 그리고 객관성을 위해서 리코더는 무공을 못하는 자 혹은 익히지 않을 자가 되는 것이 원칙으로 하도록 하며, 엘더 회의에서도 한 표를 행사할 수 있는 권한을 주어서 무공이 없다 하여 무시당할 수 없도록 하죠. 그리고 또, 리코더의 임명권은 마스터에게 주는 것이 좋을 것 같아요.”

"아니다. 이미 마스터에게는 너무 많은 권한이 있어. 내가 보았을 때, 리코더의 임명권은 전대 리코더가 가지는 것이 좋을 것 같다. 즉, 일인전승과 같은 제도로 따로 운용되는 것이다."

"흐음, 엘더나 디사이플의 투표를 통해서가 아니라요?"

"객관성을 위해서 신무당파에게서 일정 거리를 두게 만드는 편이 좋겠지. 리코더가 따로 임명한 후계자가 없는 상태에서 갑작스레 사망하는 사태에서만 엘더 회의를 통해 임명하는 것이 좋을 것 같다."

"알겠습니다. 그럼 그 문제는 그렇게 하지요. 그럼 다음 안건으로는……."

그때 마스터 룸의 방문이 살짝 열렸다.

방 안으로 슬그머니 고개를 내민 조령령은 운정과 시아스를 번갈아 보다가 한어로 말했다.

"밖에서 계속 기다리고 있는데, 얼마나 더 걸리실 거 같아요?"

운정은 맑게 웃더니 들어오라고 손짓했다.

그러자 조령령이 금세 안으로 들어와 시아스의 맞은편에 앉았다.

그녀가 웃으며 운정에게 말했다.

"아직 하루 더 남았는데, 필요하면 더 드릴게요."

정확히 9일 전에 운정은 조령령에게 열흘 안에 일을 모두 마치고 놀아 준다고 했었다. 이를 말하는 것이었다.

운정은 부드럽게 말했다.

"일단은 좀 시간이 있을 듯하다. 그러니 오늘 시아스와 모두 논의하고 내일부터 함께 놀자."

조령령은 기쁜 듯 고개를 연신 끄덕이더니 말했다.

"솔직히 아까 밖에서 제 이름을 말씀하시는 걸 들었는데, 그럼 전 이제 신무당파의 사관이 된 건가요?"

"그렇다. 그러니 앞으로 공용어를 빠르게 배워야 할 것이다."

조령령은 시아스를 보더니 말했다.

"Thank you!"

시아스는 미소로 화답했다.

그녀는 곧 자리에서 벌떡 일어나며 말을 이었다.

"내일 놀아 준다고 했으니까, 오늘은 더 방해하지 않을게요. 그런데 나가기 전에 마지막으로 한 가지 물어봐도 될까요?"

"얼마든지."

그녀는 잠시 우물쭈물하다가 곧 나지막하게 말했다.

"아이시리스는 안 돌아오는 거죠?"

운정의 표정이 살짝 굳었고, 조령령은 그것만으로 이미 답을 알았다.

운정이 나지막하게 대답했다.

"아마 그럴 것이다. 그곳에 남아서 가문을 꾸린다고 하더라."

"그렇군요. 뭐, 안 그래도 못 돌아올 것 같다고 말을 하긴 했어요. 혹시나 했죠."

"다음에 내가 한 번 더 중원에 가야 할 일이 있는데, 그때 또 물어보마."

조령령은 고개를 저었다.

"아니에요. 괜찮아요. 물어봐서 괜히 마음 흔들리게 하지 마세요. 보지 못해도, 좋은 친구는 계속 좋은 친구니까. 언젠가 자리를 잡으면 만날 날이 오겠죠."

"……."

"그럼 더 대화 나누세요. 저는 내일 놀 거리를 준비해야 해서 이만 가 볼게요."

애써 쾌활하게 말한 조령령은 마스터 룸에서 나갔다.

운정이 그 뒷모습을 바라보는데, 시아스가 공용어로 그에게 말했다.

"마스터 앞에서는 한없이 어린아이로군요."

운정은 시선을 돌리지 않은 채 말했다.

"조령령은 처음 만났을 때 백여 명이 넘는 낭인들을 이끌고 나를 죽이려 했었지."

시아스의 입이 딱 벌어졌다.

"저, 정말로요?"

곧 마스터 룸의 문이 닫히자, 운정은 나지막하게 말했다.

"인연이란 정말 모르겠구나, 시아스."

이후에도 그들은 계속해서 신무당파의 규율들에 대해서 구체적으로 논의했다.

* * *

시아스와의 대화는 해가 지고 밤이 돼서도 이어졌다. 거의 9시에 가까운 시간이 되서야 끝이 났는데, 시아스는 마지막으로 이런저런 점검을 한 뒤 방 밖으로 나갔다.

운정은 마스터 룸 바닥에 굴러다니는 종이들을 바람의 힘으로 모두 치우고는 로튼의 방으로 향했다. 그의 방은 다른 제자들과도 동떨어진 외딴 곳에 홀로 있었는데, 일부러 그런 쪽으로 그가 골랐다 했다.

그 방 앞에선 운정은 문을 살짝 두드렸다. 안에서 인기척은 없었다. 하지만 미약한 기의 흐름이 그 방 안에 있는 것을 보곤 로튼이 수련 중임을 깨달았다. 고갈되다시피 한 파인랜드의 대기를 움직일 정도로, 기운을 느끼고 움직이는 데 탁월한 재능이 있는 듯했다.

로튼의 수련은 거의 두 시간이 지나서야 끝났다. 운정은 그 동안 그의 문 앞에서 꼼짝하지 않고 기다렸다가, 그가 자리에서 일어나는 소리를 듣고는 문을 두드렸다.

"안에 있느냐, 로튼."

문 앞까지 걸어오는 발소리가 들리고 문이 열렸다.

"마, 마스터?"

운정은 방긋 웃더니 말했다.

"안에 들어가도 되겠느냐?"

로튼은 얼떨결에 고개를 끄덕였다.

"예, 얼마든지요."

운정은 그 안에 들어가서 적당한 곳에 놓여 있는 의자에 앉았다. 로튼은 문가에 선 그 상태로 운정을 보았다.

"네게 물을 것이 있어서 찾아왔다. 하지만 네가 수련을 하고 있어서 뜻하지 않게 지켜보게 되었다."

로튼은 운정의 하대가 어색한지, 헛기침을 하다가 말했다.

"아, 그러셨군요. 그냥 들어오셔도 되는데요."

"혹여나 네 정진을 방해할까 봐 기다렸지. 내가 잘못 느낀 것이 아니라면 기본적인 토납법을 수행한 것으로 아는데, 맞느냐?"

로튼은 고개를 끄덕였다.

"그렇습니다."

"그럼에도 불구하고 네 방 안의 마나가 네 주위를 감싸는 것을 보아하니, 네 의지가 단순히 네 몸속의 마나를 다스리는 것에서 벗어나서 주변에까지 영향을 미칠 정도로 강력하구나. 그 정도로 뛰어난 재능을 가진 사람은 극히 드물다."

"아, 아닙니다."

운정은 로튼의 눈을 지그시 바라보다가 말했다.

"혹 내가 말한 것이 무슨 뜻인지 이해하느냐?"

로튼은 잠시 운정의 눈치를 살피다가 말했다.

"무언가 따뜻하다고 해야 하나? 그런 것들이 몸 안을 돌아다니고, 또 제 주변을 돌아다니는 것을 느끼긴 했습니다. 그런데 그게 마나라고는 생각지 못했습니다. 그냥 제 기분이 그런 것인 줄 알았지요."

"마법사들이 말하는 마나와는 조금 다를 수 있다. 어찌 됐든 중원에선 마나가 아니라 기라고 표현을 하니까. 하지만 둘은 유사한 것이라, 마치 공기와 바람과 같은 차이를 가지고 있다. 이 의미를 깊이 생각하면 곧 기의 실체를 더욱 확연히 느낄 수 있을 것이다."

로튼은 잠시 알쏭달쏭한 표정을 지었지만, 곧 고개를 끄덕였다.

"아, 예."

운정은 턱을 매만졌다.

"그러고 보면 마나가 거의 없는 이 파인랜드의 환경이 오히려 무공에 더 좋을 수도 있다는 생각이 든다. 사람이 기를 느끼지 못하는 이유는 기가 없다기보다는, 언제나 기 속에 있기에 느끼지 못하는 면이 크다. 하지만 파인랜드에서는 그렇지 않으니, 오히려 기를 느끼는 그 기감 자체에 있어서는 우수할 수밖에 없지. 그 때문에 무공을 익히는 속도가 훨씬 더 빠를지도 모르겠구나."

"……."

로튼은 무슨 말을 해야 할지 몰라 가만히 있었다.

운정은 이내 턱에서 손을 내리며 말했다.

"늦은 밤인데 미안하구나. 이렇게 불쑥 찾아와서."

"아닙니다."

"내가 널 보러 온 이유는 과거 델로스의 제작부에 있었던 타노스 자작의 행방에 대해서 묻기 위함이다."

"……."

로튼은 고개를 갸웃할 뿐 더 말이 없었다.

운정이 말했다.

"알테시스가 말하길, 타노스 자작 때문에 네가 중간에서 많이 시달렸다고 들었는데, 아니더냐?"

"알테시스요?"

"그렇다."

그 말에 로튼은 갑자기 뭔가 생각났는지 고개를 연신 끄덕였다.

"아하, 생각났습니다. 시달렸던 것까진 아니고, 머혼 백작께서 좀 짜증을 내시긴 했었지요. 제가 알테시스와 술을 마시다가 그런 식으로 말했었나 봅니다. 별별 이야기를 다 했군요."

"혹 어떤 일이 있었는지 말해 줄 수 있느냐?"

운정의 질문에 로튼이 눈을 감고 기억을 되살리며 말했다.

"포트리아 백작과 델라이 왕 그리고 찰스 왕세자까지 죽고 난 뒤에, 타노스 자작이 의도적으로 몸을 숨겼다고 머혼 백작님은 생각하셨습니다. 어째서 그런 결론에 도달했는지까지는 모릅니다. 아무튼 그때 제게 말하기를, 델로스에서 몸을 숨겼다면 필히 도둑 길드와 연관이 있을 테니까 가서 알아보고 오라고 하셨지요."

"그래서 마스터 막크를 만났구나."

"그는 한사코 시치미를 떼다가, 결국 말해 주었습니다. 제국의 집정관이 있는 롬으로 보냈다고. 하지만 그 이상은 말해 주지 않았고, 그에게 어떠한 소식도 전할 수 없다고 딱 잡아뗐습니다. 그걸 알려 준 것도 사실 제국이 무섭다면 그만 물어보라는 의미에서 알려 준 것이지요. 어둠의 마법사들은 서로 이해관계가 맞을 때만 우호적입니다."

"……."

"그런데 갑자기 그를 왜 찾으시는지 물어봐도 되겠습니까?"

운정이 대답했다.

"그가 만든 나리튬 클록 기술이 필요할지 모른다. 그가 만약 제국을 위해서 일한다면, 제국에서 대량 생산 할 수도 있겠구나."

"글쎄요. 그것은 착용한 당사자가 내력을 불어넣어야만 내마성이 생기는 구조 아닙니까? 내력을 다룰 수 없는 파인랜드의 기사들에게는 거의 무용지물이나 다름이 없습니다. 차라리 아다만티움 풀 플레이트 세트가 더 낫지요."

"흐음, 그건 그렇지."

"……."

"괜찮다 무언가 묻고 싶다면 물어라. 너도 신무당파의 제자이니 마스터인 내게 마땅히 물어볼 권리가 있다."

로튼은 마른침을 한 번 삼키고는 마음에 있는 말을 했다.

"혹, 그 나리튬 클록 기술이 신무당파를 위해서 필요하신 겁니까? 마법에 대한 방비책으로 말입니다."

운정은 즉각 대답했다.

"그런 생각을 하지 않은 것은 아니다. 하지만 지금 내게 그것이 필요한 가장 큰 이유는 다름 아닌 중원의 일 때문이다."

"중원이요?"

"어둠의 학파들과 인연이 있는 넌 중원으로 넘어간 네크로멘시 학파를 알 것이다. 그들이 중원에서 강력한 세력으로 성장하여 무림인들을 언데드로 만들어 부리고 있으며, 그 세력을 확장하여 전 중원을 지배하려고 하는 듯하다."

"어, 어떻게 그것이 가능합니까? 아무리 그들이 시체를 조종한다고 하나… 아하, 중원에는 마나가 풍부하지요. 그 때문에 포커스를 회복하는 대로 시체를 부릴 수 있겠군요."

"그리고 또한 중원에는 마법에 대한 방비책이 거의 전무하다시피 하다. 그 또한 한몫하고 있지."

"……."

"혹시 가능하다면 마스터 막크와 만나는 것을 주선해 줄 수 있느냐?"

그 말에 로튼은 어두운 표정을 지었다.

"쉽지 않을 겁니다. 제가 애초에 어둠의 학파와 인연을 맺게 된 것은 한때 제가 막크를 섬겼기 때문입니다. 그쪽으로 있는 모든 연줄은 사실 막크의 연줄이라고 보는 것이 옳습니다. 그러니 그들을 통해서 막크를 만나려 한다면 오히려 함정을 파놓고 기다릴 가능성이 큽니다. 그것도 막크가 만나 준다는 가정하에 말입니다."

"편지를 통해서라도 말을 전하고 싶다. 괜찮겠느냐?"

로튼은 고개를 끄덕였다.

"아는 사람을 통해서 전달해 볼 순 있을 겁니다. 하지만 전하는 사람들이 내용을 엿볼 것이 뻔하니, 그 안에 중요한 내용을 담으셔서는 안 됩니다."

"괜찮다, 시도만 해 줬으면 한다. 언제 주면 되겠느냐?"

"해가 져야 활동하는 사람들이 많습니다. 지금이 아니라면, 내일 저녁까지가 좋을 것 같습니다."

"그럼 지금 주도록 하지. 혹시 저기 있는 펜과 종이를 써도 되겠느냐?"

로튼은 고개를 끄덕였고, 운정은 그쪽으로 걸어가서 막크에게 편지를 작성했다.

그리고 그것을 적당한 선에서 찢어 고이 접은 후에, 로튼에게 주었다.

"부탁한다. 혹여나 네 스스로가 위험에 처할 것 같다면 무리하지 말고 서찰을 전달하는 것을 포기해라. 막크를 통해서가 아니라도 충분히 내가 찾아 나설 방도가 있을 테니까."

"아닙니다. 꼭 전달하겠습니다."

운정은 짧게 미소를 지어 보이고는 막크의 방문을 나섰다.

그는 곧 마스터 룸으로 돌아갔다.

이미 자정이 거의 가까워진 시각인데도, 누군가 그 안에서 그를 기다리는 듯했다.

운정은 반가운 마음에 방문을 활짝 열었다.

은빛으로 빛나는 갑옷을 입은 아시스가 막 차를 입가에 가져갔었다.

그녀는 운정의 얼굴을 쳐다보다가 나지막하게 말했다.

"저라서 실망하셨나 보군요, 마스터."

운정은 옅은 미소를 띠고는 말했다.

"아니다. 아시스, 그간 잘 지냈느냐? 델라이에 일이 많은 것으로 알고 있는데."

아시스는 찻잔을 내려놓으며 대답했다.

"수뇌부가 내려야 할 큼지막한 결정들은 거의 마무리되었습니다. 때문에 시간이 좀 남아 며칠간 밀렸던 수련에 집중하고 있었습니다."

"그렇구나."

운정이 천천히 걸어와서 상석에 앉았다.

아시스가 그에게 말했다.

"중원의 일은 잘 보고 오셨습니까?"

"괜찮았다. 아마 다음번에 갈 때쯤이면 거기 두었던 빈 마나스톤들이 모두 채워져 있을 것이다. 그것들을 가지고 돌아오면 델라이에 큰 도움이 될 것이다."

"감사합니다. 앞으로도 중원과의 교류가 깊어졌으면 좋겠군요."

"단순히 무공과 마법뿐 아니라, 다양한 부분에서 그랬으면 하는구나."

"……."

아시스가 아무런 말도 하지 않자, 운정이 다시 말을 이었다.

"그래서? 이 늦은 시간에 날 만나러 온 이유가 무엇이냐?"

아시스는 목을 가다듬고는 말했다.

"여왕께서 미에느 공주의 제안을 받아들여 연합군에 합류하기로 결정하셨습니다. 때문에 마스터께서 돌아왔다는 소식을 듣고 바로 온 것입니다."

"설마 제국과 전쟁을 하려고 하는 것이냐?"

아시스는 고개를 저었다.

"전쟁이라고는 할 수 없습니다. 단지 현재 제국의 수도인 롬의 상황을 전혀 알 수 없는 상태라서, 그것을 확인하고자 하는 겁니다."

"확인한다?"

아시스는 고개를 끄덕였다.

"아시다시피, 미티어 스트라이크 마법에 있어서 가장 진보한 기술을 가진 것은 제국이며 특히 롬에 집중되어 있습니다. 그것이 혹여나 반란을 일으킨 자들의 손에 들어가거나, 제삼자의 손에 들어갈 경우, 최악의 결과가 일어날 수도 있습니다."

"……."

"애들레이드 여왕님과 렉크 백작께서도 다른 부분에 대해서는 동의하지 않으셨지만, 그 부분은 무시할 수 없어 연합군을 꾸리는 데 결국 찬성하셨습니다."

"흐음, 과연. 그 기술은 어떤 사적인 집단이 가지기엔 너무나 위험한 기술이긴 하지."

"누가 반란을 일으켰다고 했을 때, 가장 먼저 확보해야 하는 것은 미티어 스트라이크 마법일 겁니다. 현재 롬은 마법적으로 완전히 차단된 지 꽤 되었습니다. 제국 황제가 막대한 자원을 들여 가며 그 광범위한 수도 전체에 노마나존을 유지하는 이유는 아마 미티어 스트라이크 마법을 강제로 막기 위함일 수 있습니다. 그리고 그건 반란 세력들이 이미 그 기술을 확보했을 것이라는 뜻이고."

"……."

"애들레이드 왕비께서는 마스터께 이 사실을 전하고, 지원을 부탁하셨습니다. 현재 델라이의 상황은 내전으로부터 회복하는 중이라 또 다른 지원을 해 줄 수 있는 상황이 아니라서요. 애초에 연합국 쪽에서 바라는 것도 신무당파입니다."

"그렇구나, 흐음. 모레 내가 직접 여왕님을 만나 뵙고 답을 주어도 되겠느냐? 내일은 중요한 일이 있어 왕궁에 들르기 어려울 것 같구나."

"네, 괜찮습니다. 그럼 전 이만 물러가도록 하겠습니다."

아시스는 자리에서 일어났다.

그런데 그때 운정이 그녀에게 물었다.

"스페라 백작을 본 적이 있느냐? 아직 만나지 못했구나."

"글쎄요. 저도 잘 모르겠습니다."

"내전 상황을 돕느라 많이 바쁜 것 같던데."

아시스는 고개를 한 번 갸웃하더니 말했다.

"마법부 쪽에 한번 물어보지요, 그럼."

그녀가 나가자 운정은 홀로 방 안에 남게 되었다.

그는 한동안 자리에 앉아 고심했다.

*　　　*　　　*

다음 날 오전 10시.

연무장에는 아침 수련을 위해서 삼백여 명의 제자들이 모여들었다. 시아스의 말로 들었을 때는 전혀 실감이 나지 않았는데, 이렇게 눈으로 보니 감회가 남달랐다.

시아스는 임시로 만든 강당 위에 올라가 운정을 소개했다. 운정은 신무당파의 마스터로서, 모두에게 짧게 인사하며 자신을 소개했다. 그러고는 디사이플 후보 넷을 강당 위로 불렀다.

삼백 명의 제자를 받기 전부터 함께했지만 디사이플 후보가 되지 않은 사람들, 즉 아시스와 테이머 한슨, 그리고 루스는 진심으로 그들을 축하해 주었다. 후보들의 무공은 그들이 보아도 인정하지 않을 수 없을 만큼 절정에 달해 있었기 때문이다.

그들을 모두 소개한 운정은 이후 모든 제자들 앞에서 상승 무공을 선보였다. 옛날 무당파에서도 모든 제자들이 모이는 기일에, 한 번씩 초절정고수가 시연을 하곤 했는데 이는 모든 제자들에게 좋은 자극제가 되곤 했다.

그는 하늘을 날고, 검으로 땅을 가르며, 검기와 검강을 적절히 사용해 가면서 건물이 상하지 않는 선에서 가장 화려한 검술을 뽐냈다. 이를 바라보는 삼백 명의 제자들은 한순간도 두 눈을 깜박이지 않고 그의 놀라운 모습을 끝까지 바라보았다.

운정은 꾸준히 정진하면 이 정도의 경지에 오를 수 있다는 말과 함께 신무당파의 입구로 나갔다.

그곳에는 팔짱을 끼고 짝다리를 짚은 조령령이 뚱한 표정으로 그를 기다리고 있었다.

그녀는 한어로 볼멘소리를 냈다.

"벌써 일다경은 지났겠다."

"미안하다. 처음 만나는 자리다 보니, 이런저런 할 말이 많아졌어."

조령령은 더욱 입술을 내밀며 말했다.

“원래는 9시에 출발하려고 했단 말이요. 그런데 벌써 한 시진 가까이 늦어졌잖아요? 이대로라면 밥도 제대로 못 먹어요.”

운정은 조심스레 말했다.

“내가 경공을 펼쳐서 빠르게 수도에 도착하면 그래도 일다경은 벌 수 있지 않느냐?”

조령령이 눈을 가늘게 떴다.

“그게 뭐야. 노는 건데, 무슨 그렇게 막 해치우듯이 생각해요?”

“…….”

“솔직히 말해요. 나랑 놀기 싫죠? 귀찮죠?”

운정은 고개를 저었다.

“아니야, 하하하. 전에 네가 내 위에 탔을 때 좋아했던 것이 기억나서 말한 것뿐이다.”

“…….”

“왜? 그때 좋아하지 않았느냐?”

조령령은 입맛을 다시더니 말했다.

“뭐, 하긴. 무거워서 말도 그렇게까진 달리지 못하니까. 처음이었죠.”

“그러니까.”

운정은 살짝 웃으며 업는 시늉을 했다.

그러자 조령령은 운정에게서 시선을 돌리는 척했지만, 그녀의 몸은 이미 운정의 등 뒤쪽으로 가고 있었다.

그녀는 마지못해 업혔다.

"그럼 일단은 시가지 쪽으… 으악!"

운정은 갑작스레 제운종을 펼쳤고, 조령령은 짧은 비명을 지르며 운정에게 착 매달렸다.

하지만 이내 시원한 맞바람을 맞으며 속도감을 즐기기 시작했다.

그녀는 선처럼 변한 주변 사물을 말없이 즐겼다.

탁.

순식간에 성문 앞에 도착한 그는 조령령을 내려 주려고 했다. 하지만 조령령이 투덜거리듯 말했다.

"오늘은 계속 업어 줘요."

"응?"

"계속 업어 줘요."

운정은 조금 민망한 목소리로 말했다.

"그래도 안에선 걷는 게 좋지 않을까?"

"싫어요. 벌이에요."

"……."

"얼른! 들어가요."

운정은 곧 마지못해 성안으로 들어갔다.

당연하지만 모든 이의 시선이 그들에게 꽂히기 시작했다. 운정과 조령령의 얼굴이 파인랜드에서 찾아보기 어려운 얼굴이기도 했지만, 사실 그보다는 조령령이 남자 등에 업힐 정도로 어린 나이는 아니었기 때문이다.

조령령은 사람들의 시선에 아랑곳하지 않고 손가락을 앞으로 뻗어 가며 운정의 길을 안내했다. 운정은 하는 수 없이 그녀의 안내를 따라서 이리저리 움직이기 시작했다.

델로스에 있는 많은 볼거리들과 또한 한 번도 보지 못한 특이한 음식을 파는 음식점 등 확실히 조령령은 이런저런 많은 것을 준비한 듯싶었다.

파인랜드에 대해서 많은 것을 알았다고 생각한 운정은, 정작 이곳에서 살아가는 시민들의 삶을 옆에서 보면서 새로운 것들을 경험하게 되었다. 같은 인간의 삶이다 보니 그 중심은 같은 듯했지만, 서로의 말과 행동에서 나오는 문화는 파인랜드 기득권의 그것과 또 다른 차이를 보였다.

그렇게 저녁까지 먹은 뒤, 조령령은 운정에게 말했다.

"이제 세 개 더 남았어요."

"세 개? 그럼 언제쯤 돌아가느냐?"

조령령의 표정은 금세 뾰로통해졌다.

"왜요? 설마 벌써 지치셨어요? 밥도 안 먹고, 잠도 안 자고, 산을 베고, 강도 멈추는 운정 도사님이 설마 하루 정도 시가지에서 돌아다녔다고 지친 거예요?"

운정은 얼른 양손을 펴 보이며 변명했다.

"설마, 그럴 리가. 그런 의미에서 물어본 것이 아니다."

"그럼 무슨 의미에서 물어본 건데요?"

"그게, 하하하."

"……."

"어, 얼른 가자, 얼른, 하하."

운정의 당황한 말에 조령령의 두 눈은 더욱 좁혀졌다.

"얼른이요? 왜요? 급하게 가셔야 할 일이 있나 봐요?"

"아, 아니, 그게 아니라."

"……."

"하하, 천천히 가자고, 천천히. 말이 잘못 나왔다. 미안하다."

"……."

"어, 업혀라."

여심에 관해서 공부할 여건이 많지 않았던 운정은 조령령의 마음을 풀어 주는 데 한참이 걸렸다. 그나마 조령령이 마음을 잘 푸는 성격이라 그 정도에서 끝났다.

조령령은 운정의 등 뒤에 착 붙은 채로 업히고는 한쪽을 향해서 손짓했다.

"저쪽으로 가서, 저기 술집 앞 드럼통이 있는 부근에서 오른쪽으로 꺾어 주세요."

"그래? 보아하니 골목길인 것 같은데?"

"델로스는 낮하고 밤이 완전히 다르다고요. 밤에 볼거리를 찾으려면 좀 안으로 들어가야 해요. 아이시리스하고도 잘 다녔는데, 설마 운 오라버니랑 다닌다고 별일 있겠어요?"

"그렇긴 하지."

"얼른 가 봐요."

운정은 고개를 끄덕이고는 조령령의 뜻대로 걸어갔다.

그들은 간판이 하나도 없는 비밀스러운 상점 같은 곳에 도착했다. 어두컴컴한 그곳에는 괴상한 물품들이 많이 있었는데, 마치 로스부룩이나 제갈극의 실험실에 온 것 같았다.

그리고 한쪽에는 후드를 깊게 눌러쓴 노파가 있었는데, 조령령이 그녀에게 어눌한 공용어로 말했다.

"서커스를 보고 싶어요."

노파는 관심 없다는 듯 슬쩍 그녀를 보더니 작게 말했다.

"2실버."

운정이 돈을 내자, 노파가 한쪽에 있는 베일을 가리켰다.

"내려가시오."

운정이 그쪽으로 가서 베일을 젖혀 보자 지하로 내려가는 계단이 있었다. 그가 천천히 내려가는데, 아래서부터 웅성거리는 사람들 소리가 나기 시작했다.

"서커스?"

운정이 물어보자 조령령이 대답했다.

"전 이미 두 번이나 본 건데, 운 오라버니한테도 보여 주고 싶어서요. 재밌을 거예요."

"그래? 곡마단 같은 것이로구나."

"네. 혹시나 해서 말씀드리는데, 수법이 다 보여도 그냥 재미로 즐겨 줘요. 알았죠?"

운정은 고개를 끄덕였다.

아래로 내려가자 원형 공간이 나왔다. 그곳에는 대략 천 명에 가까운 사람들이 옹기종기 모여 앉아 있는 듯했는데, 아이들을 데리고 나온 일가족이나 커플로 보이는 남녀 등등 다양한 사람들이 중앙의 무대를 둘러싼 형태로 앉아 있었다.

운정은 그중 텅 비어 있는 자리에 가서 조령령을 내려 주고 그 옆에 앉았다.

조금 기다리자, 서커스 단장이 나와서 서커스를 시작했다.

불 위에서 아슬아슬하게 춤을 추는 사람. 높은 높이에서 긴 그네를 타는 사람. 겨우 동아줄 하나 위로 위태위태하게 걷는 사람. 사자와 코끼리를 자기 마음대로 부리는 사람. 이런 저런 자세를 취하며 석상처럼 굳는 사람. 날카로운 단검을 던져서 사람 머리 위에 있는 과일을 맞히는 사람.

수많은 재주를 가진 사람들이 나와 공연했고, 그때마다 사람들은 울고 웃으며 즐겁게 관람했다.

하지만 운정의 마음은 평온하기 이를 데 없었다.

그의 놀라운 감각은 모든 재주와 속임수의 핵심을 한눈에 꿰뚫어 보았기에, 그의 마음을 동하게 만드는 것은 전혀 없었다.

아니, 하나가 있다면 바로 사람들의 반응.

공연 하나하나에 솔직하게 감정을 드러내는 그 반응이 유일하게 운정의 마음을 동요시켰다.

그 모습을 바라보며 운정은 이상한 감정을 느꼈다.

처음 느껴 보는 감정이기에 뭐라 말하기 어려웠다.

하지만 그 감정은 마음을 한없이 공허하게 만드는 힘이 있었다.

그 감정은 시간이 지날수록 사라지기는커녕 점점 커졌다.

"관람은 재밌으십니까?"

운정은 옆에서 들린 여성의 소리에 고개를 돌렸다.

그곳에는 막크가 있었다.

그는 전에 봤을 때와 확연히 다른 모습이었다. 머리색도 황금색이고, 길이도 허리까지 왔다. 심지어 피부색도 훨씬 희었다. 눈매도 묘하게 올라갔으며, 입술은 살짝 내려왔다. 그러한 차이들이 모여 완전히 다른 인상을 하고 있어, 누가 보아도 막크라고 생각할 수 없었다.

그 무엇보다, 여자였다.

그러나 마법조차 그 근본을 보는 운정의 눈을 속일 순 없었다.

운정은 조용히 공용어로 말했다.

"다음에 이야기하지요."

이에 조령령이 운정을 돌아봤다.

"응? 방금 뭐라고 했어? 공용어로 말한 거 같은데?"

"아무것도 아니야."

"그래?"

조령령은 다시 고개를 돌려 앞을 보았다.

무대에서는 백조 분장을 한 여인이 슬픔에 겨운 춤을 추고 있었는데, 그 모습이 아름답기 이를 데 없었다. 때문에 모든 사람들은 숨을 죽이고 그녀를 바라보았다.

막크는 운정에게만 들릴 정도로 작게 말했다.

"시일을 정해 드렸다면 제가 함정을 파 놓았으리라 생각하실 것 같아, 이렇게 불쑥 찾아왔습니다. 이건 나름 절 믿어 달라는 의미입니다."

운정이 좀 더 단호한 목소리로 전음했다.

[다시 말씀드리지만, 지금은 아닙니다. 내일 다시 찾아오지요.]

막크는 한쪽 입꼬리를 올리더니 다리를 꼬았다.

"옆에 계신 분이 소중하신 분인가 보군요. 이런 일에 휘말리면 안 되는 그런 인물? 뭐 그 정도."

막크의 말에는 다행히도 아무런 감정이 없었다. 그리고 그 사실에 운정은 안도했다. 만약 조금이라도 위협적인 느낌이 있었다면 스스로가 가만히 있지 않았으리라는 것을 잘 알았기 때문이다.

운정이 낮은 목소리로 말했다.

[그다음에 할 말을 신중하게 선택하십시오.]

막크는 운정을 슬쩍 돌아봤다.

운정의 시선은 오로지 무대를 향해 있었다.

하지만 막크는 왠지 그 두 눈이 자기를 보고 있다고 느껴졌다.

막크가 말했다.

"물론 협박하려는 의도는 전혀 없었습니다."

[압니다. 만약 있었다면 지금 이렇게 대화하고 있지 않았을 겁니다.]

"……."

[계속 앉아 계실 겁니까? 고집이 세시군요.]

막크는 양손을 들어 자신의 뒷머리에 가져갔다.

"시일을 정해서 만나면, 위험한 건 저 또한 마찬가지 아닙니까? 제 입장에선 오히려 지금이 안전합니다. 바로 옆에 소중한 분이 계시니, 함부로 검을 뽑지 않으실 것 아닙니까? 그러니 지금 일 이야기를 하지요."

운정이 아무 말 하지 않자, 막크는 고개를 돌려 다시금 운정을 보았다.

전과 동일했으나 분위기에 작은 변화가 있었다.

그러자 이내 운정이 말했다.

[좋습니다. 그리고 더 조용히 말씀하셔도 들립니다.]

막크는 씩 웃었다.

그는 운정의 말대로 소리를 더욱 줄여 말했다.

"타노스 자작을 만나고 싶다고요?"

음량은 거의 숨소리에 불과할 정도였지만, 묘하게도 발음은 또박또박했다.

운정이 대답했다.

[그렇습니다.]

"이유를 물어봐도 되겠습니까?"

[어디까지 물어보실 생각이십니까?]

"제가 물어보고 싶은 곳까지겠지요. 아시다시피, 전 머혼 백작의 눈길 아래에서도 타노스 자작을 빼돌렸습니다. 그러니 절 통하지 않으시면 타이지 백작께서 타노스 자작을 홀로 찾긴 어려우실 겁니다."

[그건 모르는 일이지요. 해 봐야 아는 것입니다.]

"물론 그렇습니다. 혹시 모르지요. 타이지 백작처럼 똑똑하신 분이라면 의외로 쉽게 찾을 수 있을 겁니다. 하지만 분명한 것은 저를 통해서 찾으시면 거의 하루 내지 이틀 내에 연락이 닿을 수 있다는 것이고, 또 저를 통하지 않는다면 그것에 다섯 배에서 열 배의 시간까지 걸린다는 점이지요."

[그 역시 모르는 일입니다.]

"하지만 타이지 백작님은 급하신 것 아닙니까? 제가 알기론 파인랜드에 도착하신 지 얼마 되지 않으신 것 같은데, 오자마자 갑자기 타노스 자작을 찾으셨잖습니까? 갑자기 뜬금없이 타노스 자작이라요? 게다가 제게 연락할 정도면 정말 급한 게 분명하지요."

[마음대로 생각하십시오.]

"나리튬 클록은 중원인들의 내공을 익혀 그 내력을 불어넣어야지만, 내마성이 증가하는 특이한 물건입니다. 그것을 유용하게 사용할 수 있는 사람은 오로지 내공을 익힌 사람뿐. 그렇다면 결국 신무당파나 중원의 사람들만 사용할 수 있는 것인데, 방금 막 중원에서 도착했다는 사실을 고려하면 중원의 일 때문에 필요하신 듯합니다. 그리고 중원에서 내마성이 필요한 일이라면 필히 그곳으로 넘어간 네크로멘시 학파 때문이겠지요. 아닙니까?"

[좋은 추측이시로군요.]

"뻔한 추측이지요. 그리고 제가 이 정도는 추측하리라고 타이지 백작께서도 다 짐작하지 않으셨잖습니까? 그럼에도 불구하고 절 찾으신 건 그 역시 타이지 백작님이 얼마나 급한지를 잘 말해 줍니다. 자신이 급하다는 사실을 아는 상대에게까지 손을 벌릴 정도라면 말이지요."

[계속해서 말장난을 늘어놓을 것이라면 그만 가십시오.]

"말장난이 아닙니다. 거래에 있어 우위를 점하는 것이 어떻게 말장난입니까? 저는 제 이익을 최대한 챙기려는 것입니다, 타이지 백작."

운정은 고개를 돌려 그를 바라보았다.

아무런 감정이 없는 눈길이었다.

[설마 제게 원하는 것이 있습니까?]

"당연히 있지요. 타이지 백작처럼 많은 것을 가지신 분은 누구에게라도 도움을 주실 수 있습니다."

그때 조령령이 운정을 불렀다.

"운 오라버니, 왜 그래요?"

운정이 다시 조령령을 바라보았다.

조령령은 운정의 두 눈을 이리저리 살피고 있었다.

운정은 아무것도 아니라는 듯 그녀의 머리를 쓰다듬어 주었다.

"아니다, 아무것도."

"혹시 서커스 별로 재미없어요? 나갈까요?"

"솔직히 말하면 재미는 없지만 흥미는 있다. 새로운 것들을 보니 다양한 생각이 들어서, 그게 좋다."

"난 이거 다 봤던 거라 나가도 괜찮아요."

"난 더 보고 싶다, 령령아."

조령령은 의심스러운 눈초리로 운정을 보다가 곧 고개를 돌려 무대를 보았다.

운정 역시도 무대 쪽에 시선을 향했는데, 그때 막크가 조용히 말했다.

"현상금 때문에 델로스 내에서 활동하기가 너무 어렵습니다. 나름 제 주 무대인데, 이곳에서 활동하지 못하니까, 다른 곳에서도 점차 문제가 발생하고 있습니다."

운정은 무대에 시선을 고정한 채로 담담하게 전음했다.

[그것보다는 배신당할까 봐 걱정되는 것 아닙니까? 그만한 현상금이라면 당신을 오랫동안 섬겼던 사람들조차 혹할 정도이니까요. 특히 도둑 길드 같은 곳에서 충성심 같은 도덕적 가치가 중요할 것 같지 않으니, 더더욱 그럴 것입니다.]

"……."

[만약 당신이 예전처럼 델로스에 큰 영향력을 가졌다면, 제게 이렇게 은밀히 찾아오지 않았을 겁니다. 원하는 시간과 공간을 골라서 그곳에 수많은 부하들을 배치하고 만반의 준비

를 하고 난 뒤에야 절 봤겠지요. 스페라 또한 죽이시려고 한 분이니 충분히 가능했겠지요.]

"……."

[그러니 이렇게 갑작스레 등장하신 건, 당신도 급하다는 증거입니다. 또한 이 모든 것을 제가 쉽게 추측하리라는 것도 이미 알았을 텐데, 그럼에도 불구하고 이렇게 나타나신 것은 그 정도로 급하다는 것이지요.]

막크는 다리를 꼬았다. 그러고는 손을 앞으로 쭉 뻗으며 기지개를 켰다.

긴 팔 때문에 그 양손이 운정의 시야에 들어왔다.

희고 고운 것이 절대 남자라고 생각할 수 없었다.

하지만 로튼도, 머혼도, 모두가 그를 남자인 것처럼 말했었다.

막크는 곧 팔짱을 끼면서 등 뒤로 몸을 젖히고는 조령령 쪽을 바라보더니 말했다.

"두 분은 어떻게 오신 거예요? 애인? 이라고 하기엔 나이 차가 좀 있어 보이고… 남매인가?"

조령령은 막크를 한 번 바라보더니 운정을 올려다보았다.

운정은 막크를 향해 웃으며 말했다.

"제 동생은 공용어를 모릅니다. 그래서 방금 당신이 한 말을 아마 이해하지 못했을 겁니다."

“……”

막크의 표정이 순간적으로 굳었다.

운정이 말했다.

“죄송하지만 저희 남매는 오랜만에 같이 시간을 보내는 거라 공연에 집중하고 싶습니다만.”

막크는 운정과 조령령을 번갈아 보다가 곧 어색한 미소를 짓고는 고개를 돌려 무대 쪽을 바라보았다.

조령령은 운정을 탁 치더니 한어로 말했다.

“뭐라고 말한 거예요? 표정이 안 좋아 보이던데.”

운정은 짐짓 모르는 척하며 말했다.

“아무것도 아니다. 그냥 말동무가 필요했는지 말을 걸었구나.”

조령령은 잠시 눈길을 돌려서 막크를 보고 또 주변을 살펴보았다. 주변엔 빈자리도 많았는데, 막크는 하필이면 딱 운정의 옆자리에 앉아 있었다.

조령령은 의심의 눈초리로 막크를 보다가 곧 운정한테 말했다.

“이상한 사람이네요.”

“크게 신경 쓰지 말거라.”

그녀는 그 이후에도 한동안 의심의 눈초리를 거두지 않았지만 무대에 눈길을 고정했다.

막크가 말했다.

"확실히 그녀 때문이로군요. 지금 날 살려 두고 있는 이유가."

운정은 단조롭게 말했다.

[아신다면 제 인내심이 한계에 도달하기 전에 가십시오.]

표정도 말투도 그대로다.

하지만 막크는 등골이 오싹한 기분을 느꼈다.

"용무가 있는 쪽은 타이지 백작인 줄 알았는데… 뭐, 저도 없는 건 아니니까요. 제가 있다고 합시다. 아무튼 현상금을 없애 주십시오. 그러면 타노스 백작과 만남을 주선하겠습니다."

[겨우 만남을 주선하는 정도로 현상금을 없애 달라는 건 과하군요. 나리튬 클록을 제가 원하는 만큼 가져온다는 조건이라면 모를까.]

"그렇게 하자면 그렇게 할 수 있습니다만, 제 방식에 대해선 제가 따로 말씀드리지 않아도 되겠지요? 그렇게 피가 묻은 나리튬 클록을 받으셔도 되겠습니까, 타이지 백작님? 머혼 백작과 같이 일하면서 타이지 백작님에게 대해서 많이 들었습니다. 그런 방식을 선호하지 않는다고 들었습니다만."

[그렇습니다. 그에게 피해를 입히거나 물건을 강탈하는 것은 용납할 수 없습니다.]

"그러니까요. 전 만남을 주선하는 정도까지밖에 할 수 없지요.”

[꼭 그런 방식이 아니어도 얻을 수 있는 방도가 있을 겁니다, 마스터 막크.]

“재밌으신 분이군요. 거래의 조건을 내걸면서 그 방도까지도 일러 주시려고 하시다니.”

운정은 단호하게 말했다.

[무엇이 옳고 그른지, 그 기준을 잊지는 않으셨으리라 믿습니다. 옳은 방법으로 나리튬 클록을 얻으십시오.]

“아하, 아직도 제가 고집이 세다 하시겠습니까? 운정 도사님께서 말씀하시는 건 무척이나 어려운 일입니다. 거의 불가능한 일이지요.”

[당신의 현상금을 없애는 일 또한 거의 불가능한 일입니다.]

“아니, 제 말은… 흐음, 이걸 말씀드려야겠군요. 타노스 백작은 본래 머혼 백작을 섬기던 사람입니다. 그런데 왜 머혼 백작이 득세함과 동시에 사라졌으리라 생각하십니까?”

그러고 보면 이는 당연한 물음이다.

왜 그는 자발적으로 사라졌을까?

운정이 물었다.

[무슨 이유에서입니까?]

막크는 한숨을 내쉬더니 말했다.

“타노스 자작과 포트리아 백작은 서로 사랑하는 사이였습니다. 포트리아 백작의 죽음은 분명 스스로 초래한 일이지만, 그 모든 것을 뒤에서 머혼 백작이 조종했다고 타노스는 믿었지요. 어찌 보면 맞는 말이기도 하고요."

[그런 일이 있었군요.]

"그래서 그는 앙금을 품고 머혼과 제국 황제의 적이라고 할 수 있는 제국의 집정관 편에 들어간 겁니다."

운정은 상황을 이해했지만, 막크의 말에는 동의가 되지 않았다.

[그의 앙금은 머혼 백작을 향해 있는 것인데, 왜 저나 당신과 거래하지 않겠습니까?]

"그는 언제나 방구석에서 살면서 금속들을 연구하던 학자입니다. 정치적인 부분들을 잘 이해하지 못하지요. 누군가에게 정확하게 분노를 표출하거나 완벽하게 복수하는 그런 건 잘 모릅니다. 그저 앙금을 마음속으로 품고 아무나 잡아서 미워할 뿐입니다."

[흐음.]

"그를 직접 만나 보시면 알 겁니다. 성격이 완전히 변했습니다. 제가 그를 직접 집정관에 인도했는데, 저조차도 끝까지 의심하면서 살벌한 눈빛으로 쳐다봤습니다. 정상적인 정신 상태가 아닙니다. 뭐, 원래부터 정상보단 비정상에 가까웠지만."

[그래서 정당한 방법으로 나리튬을 얻을 수 없다는 겁니

까?]

“그는 속에 강한 분노를 품고 있습니다. 단순히 이해득실로 움직이는 자가 아닙니다. 그리고 그런 사람은… 제 소관이 아니지요. 전 그런 사람을 잘 못 다룹니다. 타이지 백작께서는 진실을 꿰뚫어 볼 수 있다 들었으니, 제가 하는 말에 거짓이 없다는 것쯤은 이미 알고 계실 것입니다.”

운정은 말없이 앞만을 보았다.

공연은 하이라이트에 접어들었다.

두 개의 거대한 원통형 공이 거대한 철대 양 끝에 매달린 채 그 중심을 회전함과 동시에 스스로도 돌아가면서 어지러운 광경을 만들어 냈다. 그리고 그 사이를 오가는 세 사람이 이리저리 뛰고 매달리면서 아슬아슬한 묘기를 선보였다.

그것이 끝나기까지 막크는 초조하게 운정의 대답을 기다렸다.

모든 것이 끝나고, 공연이 막을 내리자, 사람들은 전부 자리에서 일어나 기립 박수를 쏟아 냈다.

이미 두 번이나 봤던 조령령 또한 다시금 감동에 차올라, 반짝이는 눈으로 그들을 보며 박수를 쳤다.

수많은 사람들의 환호 속에서 운정은 처음 앉은 그 상태 그대로 가만히 있었다.

[공연이 끝났으니 제 입장을 마지막으로 말하지요. 전 현상

금을 없애 줄 수 없습니다. 하지만 당신에게 그보다 더 좋은 것을 약속하겠습니다.]

운정이 고개를 돌려 막크를 바라보았다.

그러고는 입으로 말했다.

"타노스 자작을 만나게 해 주시면 당신을 용서하겠습니다, 마스터 막크."

"……."

운정은 막크에게서 시선을 거두고 다른 사람들처럼 공연자들에게 박수를 보냈다.

막크는 운정에게 말을 하려고 몇 번이나 기회를 엿보았다.

하지만 이내 입을 다물고는 그 자리에서 먼저 떠났다.

그가 사라지는 걸 본 물끄러미 바라본 조령령은 운정의 팔을 톡톡 치더니 말했다.

"이상한 여자야, 그치?"

운정은 옅은 미소를 지을 뿐이었다.

그들은 깊은 밤이 돼서야 신무당파로 돌아왔다.

조령령은 자신의 방으로 돌아가며 마지막 말을 남겼다.

"아직 일이 다 끝나신 것 같지 않으니까, 열흘 더 드릴게요. 열흘마다 놀아 줘요."

운정은 미소 지으며 고개를 끄덕였다.

"꼭 그렇게 하마."

그녀가 방으로 들어가는 것을 확인한 운정은 마스터 룸으로 들어갔다.

그곳에는 가장 반가운 손님이 그를 기다리고 있었다.

"스페라!"

스페라는 다리를 꼰 채 시원하게 허벅지를 드러내고 와인을 마시고 있었다. 운정을 보자 역시 기쁨을 숨기지 못하며 말했다.

"나 꽤 기다렸어."

운정은 빠른 걸음으로 그녀의 맞은편에 앉았다. 스페라는 빈 잔에 와인을 따라서 운정을 주었고, 운정은 그것을 받으며 말했다.

"요즘 많이 바쁜가 봅니다."

스페라는 앞으로 몸을 기울이며 장난스럽게 말했다.

"왜? 보고 싶었어?"

"그럼요."

즉각적이고 솔직하며 또한 진지한 대답에 스페라의 표정이 당황으로 물들었다.

그녀는 순간 붉게 변한 얼굴을 애써 숨기며 몸을 다시 뒤로 움직였다.

"그, 그래서 왔어."

운정은 깊은 미소를 지으며 말했다.

"이렇게나마 얼굴을 보니까 좋습니다."

스페라는 운정과 눈이 마주치자, 금세 눈길을 돌리더니 말했다.

"그, 그러니까, 나도. 바빠서 금방 가 봐야 할 것 같긴 해."

"그렇군요."

실망한 목소리에 스페라가 애써 크게 말했다.

"그, 중원 일은 어땠어? 잘 끝났어?"

운정이 와인을 한 모금 마시곤 말했다.

"일단락은 되었습니다만, 아직 해결하지 못한 문제가 남아 있습니다. 그 때문에 한 번은 더 들러야 할 것 같습니다."

"뭔데?"

"네크로멘시 학파의 마스터 고바넨이 학파를 세웠습니다. 그리고 풍부한 마나를 이용해서 많은 시체들을 일으켜 중원을 장악하려 하나 봅니다."

스페라는 잠시 놀란 눈을 하다가 이내 반쯤 감으며 말했다.

"그 친구는 정말 끝이 없네. 하긴 문핑거즈를 가지고 있으니까 그럴 수밖에 없기도 하겠어. 아마 제정신이 아닐 거야."

운정은 그 말을 들으니, 전에 들었던 것이 생각났다.

"문핑거즈가 욕망을 부추긴다고 했지요?"

스페라는 고개를 끄덕였다.

"응. 왕가의 서재에서 읽은 내용으로는, 아홉 반지들 안에 강력한 의지들이 묶여 있고 그 의지를 끊임없이 고양시키는 것이 마지막 반지라고 적혀 있었어. 그런데 그 마지막 반지는 착용자의 의지에도 영향을 미쳐서, 욕구하는 것을 더욱 강하게 원하게끔 만든다고 했지, 아마."

"……."

운정의 얼굴이 살짝 굳었다. 이에 스페라가 되물었다.

"왜?"

운정은 와인 잔을 내려놓았다.

"제 추측이지만, 그 왕가의 서재는 적어도 천 년은 된 건물인 듯싶었습니다. 입구에 걸려 있는 마법진을 보니, 그 흐름이 자연적으로 변한 모양이더군요."

스페라가 어깨를 들썩였다.

"세월을 이길 수 있는 마법은 없어. 정성 들여서 느리고 길게 주문을 외우면 그만큼 마법은 강력해지지. 내 수준을 한참 뛰어넘는 마법도, 충분히 긴 시간과 노력이 있으면 완성할 수 있어. 마찬가지로 그 서재에 걸린 마법진 또한 오랜 세월 동안 유지되었기에 상상할 수 없는 막강한 힘을 지니게 된 거야."

"그러한 건물을 누가 세웠는지 궁금합니다."

"자기 자신을 현자라고 하던데?"

"예?"

"건물 내부 한쪽에 적혀 있더라고. 누가 세웠는지 말이야. 고대어로 되어 있는데, 그 뜻은 현자라는 뜻이야."

"……."

"아주 엄청 자랑하더라고. 세상의 모든 지식을 통달해 마법을 체계화하고 또 그것을 하나의 기술로 정립했다고 말이지."

"정말입니까?"

"글쎄. 그게 정말 사실이면 역사적으로 유명했겠지? 하지만 서재 안의 서적들을 읽으면… 후우, 맞는 것 같기도 하고."

"대단한 지식들이 있나 보군요."

"정말이지 없는 게 없어. 최근에서야 밝혀진 이론들이나 지식들도 그 안에 이미 있더라고. 더욱 발전된 형태로 말이야. 그 서재를 만든 사람이 누군지 모르겠지만, 마법에 통달했던 것은 맞는 거 같아."

"그럼 그 서재는 그 현자의 유산이라고 봐야겠군요."

"델라이 핏줄만 서재를 열람할 수 있는 걸 보면 후대에게 내려 주는 유산이 맞을 거야. 아무튼 서재의 주인은 자기가 다른 세상으로 떠나기 전에 모든 것을 남긴다고 했어."

"다른 세상이라 함은……."

"처음에는 죽음을 의미하는 것이라 생각했는데 아니었어."

"……."

스페라는 다리를 풀더니 와인 잔에 와인을 더 따랐다.

"그 왜, 차원이동 마법을 로스부룩이 완성했었잖아?"

"예."

"사실 아니더라고."

"예?"

그녀는 와인 잔을 들어 입가에 가져가면서 말했다.

"그거 원래 서재에 있었던 거야. 운 좋게 걔가 먼저 발견한 거지."

"……."

"그 현자가 다른 세상으로 가기 위한 포탈로 만든 거라고. 내가 유심히 공부해 보니까 로스부룩이 애초에 NSMC를 만든 것도 다 그 차원이동 마법을 위해서 그런 거더라고. 음흉한 놈인 건 알았지만 그런 속내가 있는 줄은 몰랐네?"

그녀는 포도주를 내려다보다가 이내 홀짝였다.

운정이 말했다.

"흐음, 그럼 로스부룩이 차원이동한 목적은 현자를 찾으려는 것이었을까요?"

"아마도. 중원에 따라가면 다른 유산이 남아 있지 않을까 했을 거야. 당시 왕가의 서재는 델라이 왕가가 너무 꽉 쥐고 있어 가지고 나나 로스부룩이나 많이 답답했었거든."

"……."

"네가 말했잖아. 중원엔 사방신이 있었는데, 고대에 현자가 나타나서 그 사방신을 모두 봉인했다고. 그가 왕가의 서재를 만든 현자와 동일 인물이라는 생각이 들지 않아?"

"확실히 그런 생각이 방금 들었습니다."

"그러니까."

운정이 자세를 고쳐 잡은 뒤 빠르게 말했다.

"중원에서 많은 이야기들을 들었습니다. 그중에 하나는 현자가 중원으로 넘어와 중원에 있는 대자연의 기운을 외부로부터 보호하려고 했다는 것입니다."

"……."

"추측하건대, 그가 무공을 만들었을 수도 있다는 생각이 듭니다. 대자연의 기가 유지되도록 한 것이지요. 그러면 마법같이 마나를 소모하는 기술이 발전하지 않을 테니까."

"흐음? 그래? 왜? 무공이 있어도 마법 같은 것이 발전할 수도 있잖아?"

운정은 느릿하게 고개를 저었다.

"중원의 사상은 항상 제자리로 돌아옵니다. 이렇게 돌고 저렇게 돌고… 끊임없이 돌아가는 수레바퀴이지요. 하지만 이곳 파인랜드의 사상은 그렇지 않습니다. 시작이 있고, 끝이 있지요. 그것은 기를 소멸하지 않는 무공과 기를 소멸하는 마법의 차이와 유사하다고 생각합니다. 예컨대, 중원의 사상은 원형이고 파인랜드의 사상은 선형이지요. 현자가 무공을 통해서 원형적인 세계관을 먼저 머릿속에 심어 놓으면 선형적인 생각을 하기 어렵지 않겠습니까? 기라는 개념 때문에 마나라는 개념을 떠올릴 수 없게 되는 것입니다."

"흠, 가설에 불과하지만 그럴듯하긴 하네."

"현자, 그의 목적은 무엇이었을까요?"

스페라는 와인 잔에 담긴 와인의 빛을 찬찬히 감상하다가 말했다.

"글쎄? 파인랜드에서 뭔가 하기엔, 남아 있는 마나가 너무 적어서 중원으로 갔나? 단순하게 생각하면 그렇지."

"그보다는 그가 넘어갔기에 중원의 마나가 보존된 것이 아니겠습니까?"

"그럼 보존했어야 할 이유가 있지 않을까?"

"무엇을 위해서?"

스페라는 와인을 한 번 더 마시더니 말했다.

"몰라. 모든 마법을 통달했으니, 자기가 신이라도 되고 싶었나 보지."

"그건 파인랜드에서 되어도 되지 않습니까?"

스페라는 묘한 눈길로 운정을 흘겨보았다.

운정의 표정은 진지하기 이를 데 없었다.

스페라가 말했다.

"방금 내 말 진심으로 들은 거야?"

"진심 아니셨습니까?"

"어. 당연히 농담인데."

운정의 시선이 살짝 내려가 탁자 위의 와인 병을 향했다.

"무당파의 본래 목적 또한 인간이 신이 되는 것입니다. 그렇다 보니 제겐 장난처럼 들리지 않았나 봅니다."

스페라는 멋쩍은 표정을 지었다.

그녀는 운정의 기분을 살피다가 나지막하게 말했다.

"뭐, 어떻게 보면 그게 모든 사람의 목적이 아닌가 해."

운정이 눈을 들어 스페라를 보았다.

"모든 사람이오?"

스페라는 고개를 끄덕였다.

"결국 모든 욕망은 영원불멸로 귀결되는 거 아니겠어? 죽고 사라진다면, 무엇을 하든 더 이상 의미가 없으니까."

"……."

"모든 마법을 통달했던 그 마법사도 분명… 죽음은 두려웠을 거야. 겉으로는 얼마든지 아닌 척할 수 있겠지. 하지만 죽음이 가까워지면 가까워질수록 자기를 얼마나 더 속일 수 있었겠어. 안 그래? 그러니 죽지 않으려고 발버둥 쳤겠지. 그런 의미에서 보면 네크로멘시 학파가 참으로 솔직해. 그 누구보다도 죽음을 직시하고 거기서 벗어나려고 노력하니까."

운정은 눈을 살짝 감았다.

그리고 자신을 포함해서, 입신이거나 그에 가까웠던 모든 사람들을 머릿속으로 떠올렸다.

그는 인정하지 않을 수 없었다.

"스페라 말이 맞습니다. 입신에 이른 사람들이 삶에 초연한 듯해도 꼭 그렇지도 않습니다. 그러니 입신(入神)이겠지요. 이제 막 발걸음을 내디딘 것입니다."

"그러니까. 트렌센던스도 같은 거야."

운정은 팔짱을 꼈다.

"그는 중원에 도착하여 황룡을 인위적으로 만들었다고 했습니다. 그를 통해서 사방신을 굴복시켜 수호신으로 만들었다고 했지요. 하지만 스페라의 말을 들어 보면 황룡을 만든 것이 아니라……."

스페라가 어깨를 들썩이며 말을 뺐었다.

"자기가 황룡일 수도 있겠네?"

"예, 저도 그런 생각입니다."

스페라는 턱을 쓰다듬으며 고개를 위로 들었다.

그리고 천장을 바라보며 말했다.

"로스부룩 그 자식은 도통 무슨 생각을 하는지 알 수 없었어. 멍한 눈동자를 했지만, 눈빛은 확고했지. 날 보고 있어도 항상 내 뒤에 있는 무언가를 보고 있는 듯한 그런 특이한 눈빛을 가진 놈이었어."

"……"

"그 녀석의 그 똑똑하고 잘난 머릿속에 방금 우리가 말한 것들이 있었을까? 아! 그래서 그놈은 먼저 인연이 닿은 무림맹 쪽이 아닌 천마신교를 선택한 걸까? 그러네, 맞네. 천마신교 낙양본부에 황룡이 봉인되어 있으니까."

"……"

"그러고 보면 참 보고 싶은 친구야. 눈앞에 앉혀 놓고 속 시원하게 물어보고 싶은데 말이지. 아, 오해는 하지 마. 우리 둘 사이에 그런 거 없어. 알지?"

"압니다. 오해하지 않았으니 걱정 마세요."

"응, 혹시나 해서."

그녀는 고개를 살짝 돌려서 창밖을 보았다. 그러곤 시계를 한 번 흘겨보며 말했다.

"벌써 자정이네. 돌아가 봐야겠다."

"그러고 보니 스페라의 이야기를 듣지 못했군요."

그녀는 손을 절레절레 흔들더니 말했다.

"응. 별거 아니야. 그냥 뒤처리했어. 테라 학파 압박해서 걔네들이 무너뜨린 성을 복구하고, 마법진들도 다시 그려 주고. 뭐, 그런 잡다한 일들. 지금은 그래도 어느 정도 일단락되어서 서재에서 공부하는 시간이 좀 나긴 해. 너 혼자만 트렌센던스로 둘 순 없잖아?"

"……."

"아무튼, 요즘 델라이 내부 치안이 말이 아니거든. 도시는 그나마 좀 괜찮은데, 조금만 변경으로 가면 무법 지대가 따로 없어. 문명이 한순간에 종적을 감췄는지, 다들 야만인처럼 되었다니까."

"내전의 여파가 큰가 봅니다."

스페라는 자리에서 일어났다.

그녀는 손을 앞으로 뻗었고, 이내 지팡이가 나타났다.

운정은 그녀를 따라 일어섰다.

스페라가 말했다.

"그럼 갈게."

운정은 미소를 짓더니, 서서히 그녀 앞으로 다가갔다.

스페라는 자기도 모르게 몸을 뒤로 뺐는데, 운정은 그보다 더 두 배는 빠르게 다가가 그녀의 코앞까지 갈 수 있었다.

운정은 그녀의 입술에 입을 맞추었고, 스페라는 가만히 눈을 감았다.

입술을 땐 운정이 말했다.

"또 봅시다."

스페라는 몇 번이고 운정의 눈길을 마주 보고 피하고를 반복했다.

그러다가 이내 지팡이를 살짝 들면서 기어들어 가는 목소리로 마법을 시전했다.

[텔레포트(Teleport).]

그녀의 모습이 사라지자, 운정은 눈을 감았다.

그리고 그녀가 남기고 간 온기가 사라질 때까지 가만히 서 있었다.

第一百九章

눈이 뜨였다.

그러나 일어나고 싶지 않았다.

누군가 온몸의 세포 하나하나에 무거운 추를 달아 놓은 듯했다.

눈 하나 깜박이는 것에도 의지가 필요했고, 손가락 하나 까딱하는 것에도 결심이 필요했다.

이대로 누워 있으면 안 될까?

왜 일어나야 하는 것일까?

만약 계속 누워 있다면 저기 보이는 돌멩이와 같아질 것이다.

영원히 아무것도 안 하며, 그저 존재하다 사라질 것이다.

그러니 살아 있는 한 눈을 깜박여야 하고 손가락을 까딱해야 하는 거다.

생각을 마친 임모라는 자리에서 일어나기로 했다.

"잠에서 깨는 것도 그렇게 힘들어?"

임모라는 귀로 들리는 소리를 애써 무시하곤 고개를 무릎 속에 넣었다.

그렇게 심호흡을 세 번 이상 하니, 그제야 좀 몸 안에 혈액이 도는 느낌이었다.

"예."

짧은 답에 미내로는 임모라 앞에 쭈그리고 앉았다.

그러곤 그의 머리를 양손으로 억지로 잡아 들었다.

"얼마나?"

임모라는 죽어 가는 두 눈동자를 힘겹게 들어 미내로의 두 눈을 바라보았다.

"삶과 죽음에 대해서 고찰해서, 내가 저 돌멩이와 같은 신세가 아니기 위해선 잠에서 깨어야 한다는… 뭐 그런 말도 안 되는 자기합리화를 동원하지 않으면 깨어나기 어려울 정도로 의지가 사라졌습니다."

미내로는 걱정스러운 눈길로 그를 내려다보다가 말했다.

"태어난 지 얼마나 됐지?"

"이제 한 8년쯤 됐지요."

"겨우 8년인데 이 모양이야? 아직 10년도 안 됐으면서."

"사막 일족 때문에 결정해야 할 일이 너무 많았나 봅니다."

"하긴."

"다음 디사이더가 탄생하기 전까지 버텨야 하는데, 걱정입니다."

미내로는 안타깝다는 듯 그를 보다가 허리춤에 달린 가죽 가방을 뒤적거렸다. 그러곤 푸르스름한 가루가 담긴 유리병 하나를 꺼냈다.

"고개를 뒤로 젖혀 봐."

임모라는 눈을 감으며 그녀의 말대로 했다.

스스로 움직이는 것보단 누군가의 명령에 따르는 것이 더 편했으니까.

미내로는 그 유리병의 마개를 따서 임모라의 인중에 조금씩 부었다. 부어진 내용물이 어찌나 가벼운지, 미약한 들숨에도 임모라의 몸 안 깊숙이까지 들어갔다.

내용물은 곧 혈관을 침투해, 그의 뇌를 각성시켰다.

"크학!"

임모라는 자리에서 벌떡 일어나더니 한동안 캑캑거렸다. 미내로는 다시금 가죽 가방을 뒤적거려서 부드러운 나뭇잎 하나를 꺼내 그에게 건넸다.

"닦아, 그리고 콧구멍 막고."

임모라는 그것을 낚아채듯 가져가 양쪽 코에서 흘러나온 코피를 닦았다. 그리고 그것을 말아서 콧구멍에 안에 넣었다. 그의 얼굴에는 생기가 가득했고, 눈동자는 또렷했다.

그는 정신을 차릴 수 없는지 고개를 몇 번이고 흔들었다. 그러곤 손으로 미간을 짚은 채로 한동안 급한 숨을 쉬었다. 갑작스레 수십 배로 예민해진 감각은 수없이 많은 정보를 거르지도 않은 채 받아들였고, 그 모든 것을 감당하기 위해 피가 필요했던 뇌는 가슴이 튀어나오도록 심장을 뛰게 만들었다.

눈을 뜨면 눈알이 튀어나올 것 같았고, 눈을 감으면 여러 환상들이 아른거렸다. 소리에 집중하자니 심장 박동이 뇌를 뒤흔드는 것 같고, 냄새에 집중하자니 속이 울렁거릴 정도로 역겨웠다. 또 촉각에 집중하면 수십만 마리의 벌레가 피부 위를 기어 다녔다.

"하아, 하아, 하아."

임모라가 좀처럼 안정을 되찾지 못하자, 미내로는 손을 앞으로 뻗었다. 그러자 어디선가 그녀의 지팡이가 나타나 그녀의 손에 잡혔다.

그녀는 작게 주문을 읊조렸고, 그러자 임모라의 호흡이 점차 안정을 되찾기 시작했다.

어느 정도 이성이 돌아오자, 임모라가 나지막하게 말했다.

"도대체 얼마나 진하기에, 한 번 흡입했다고 코피가 터집니까?"

마법을 거둔 미내로는 지팡이를 공중에 던졌다. 그러자 지팡이가 공중에서 먹혀 버리듯 사라졌다.

그녀가 말했다.

"치사율의 1.2배."

"진심입니까?"

"그 정도가 아니면 넌 지금 제대로 기능도 못 해."

"……."

"어때? 괜찮아? 일할 수 있겠어? 밖에서 바이올로지스트들이 기다리던데."

임모라는 알겠다는 듯 고개를 연신 끄덕였다.

"해야죠. 그렇지 않으면 살아 있는 의미가 없지 않습니까?"

임모라는 몸을 움직여 밖으로 나가려 했다.

그런데 뒤에서 미내로가 나지막하게 말했다.

"새로운 디사이더… 정확하진 않지만 아마 오늘 태어날 거 같아."

심장이 땅에 떨어지는 듯하다.

임모라는 고개를 돌려 미내로를 보았다.

"정말입니까?"

미내로는 고개를 끄덕였다.

"응, 어머니께 직접 들은 거야. 늦어도 내일 중으로 태어나."

"……."

"어때? 기분이?"

임모라는 그녀의 눈길을 똑바로 바라볼 수 없었다.

시선을 땅으로 둔 그는 고민하다가 이내 툭하니 말했다.

"내일 추방되겠군요."

"그렇지."

"알겠습니다."

담담하게 말한 그는 몸을 돌렸다.

그리고 밖을 향해서 걸었다.

추방?

추방을 당한다고?

내가?

"그럴 리가."

자기도 모르게 나온 그 말에 임모라는 깜짝 놀랐다.

"왜 그러십니까?"

그는 고개를 돌려 말이 들린 곳을 바라보았다.

그곳엔 세 명의 바이올로지스트가 그를 바라보고 있었다.

임모라가 말했다.

"아닙니다. 그, 그래서? 어떻습니까?"

그 세 명 중 중앙에 있던 엘프가 공손히 말했다.

"성공적입니다. 무난하게 멸종시킬 수 있을 겁니다."

임모라는 고개를 끄덕이더니 말했다.

"한번 가 보지요."

그는 숲의 축복 속으로 들어갔고, 이내 세 명도 따라왔다.

그들은 한참을 걸어서 숲과 사막의 경계에 도착했다.

그곳은 전에 왔던 것보다 적어도 100㎞는 더 후퇴한 지점이었다.

사막 일족이 만들어 낸 산을 먹고 사막을 만드는 기이한 그 생물들은 끊임없이 번식해 지금은 그 개체 수가 수백만에 이르고 있었다. 그리고 동시다발적으로 숲을 먹어 치워 이미 큰 산 몇 개가 사막으로 변했다.

하지만 그 사막 생물은 더 이상 숲을 먹지 못했다. 그 경계에 새롭게 자라난 거대 식물이 있었기 때문이다. 그것은 주변 숲의 생물들이 다가올 때면 마치 돌처럼 굳어 있었지만, 사막의 생물이 가까이 다가올 경우 자신의 봉우리를 열어 집어삼켜 버렸다. 또한 사막 생물의 쾌락 신호를 자극하는 특이한 향기를 내뿜고 있어, 거기에 걸려든 사막 생물은 아무것도 하지 않고 그 주변에만 맴돌았다.

그 모습은 사막과 숲 경계 전체에서 이뤄지고 있는 일로,

지금도 수만 그루의 나무가 사막 생물을 집어삼키고 소화시키고 있었다. 적당히 떨어진 곳에서 그 모습을 지켜보던 임모라가 뒤에 선 바이올로지스트에게 말했다.

"보아하니 잘 방어가 되고 있네요. 멸종까진 정확히 얼마나 걸리겠습니까?"

"저희 계산대로라면 한 달 안에 끝날 겁니다. 이후 먹이가 없어진 식물들도 죽겠지요. 자연적인 진화가 일어나는 것만 방지하면 될 겁니다."

좋은 소식이지만 임모라의 표정은 좋지 못했다.

"하지만 이미 너무 많은 환경을 내주었습니다. 다시 되찾을 순 없겠습니까?"

바이올로지스트들은 서로를 바라보다가 곧 다시 임모라를 보았다.

"어렵습니다. 사막 생물을 막는 것과 사막을 다시 침공하여 숲으로 만드는 것은 완전히 다른 문제이니까요."

"흐음, 알겠습니다. 혹 저쪽에서 또다시 변이를 시도하지 않겠습니까?"

"저희가 사막 생물을 조사해 본 결과, 더 이상의 변이는 불가능하다고 여겨집니다. 이미 다수의 생물이 조합되어 있어, 생물학적 변이 한계치에 도달해 있습니다."

임모라는 안심한 표정으로 말했다.

"그나저나 대단하군요. 이 정도로 넓은 환경을 생물 하나로 빼앗다니. 우리와 맞닿은 사막 일족이 이토록 진보된 생물학 기술을 가지고 있는지 몰랐습니다."

그들 중 한 번도 말한 적이 없던 엘프가 말했다.

"한 일족이 아니라 사막 일족 다수가 관여한 것으로 보여집니다."

"왜 그렇게 보십니까?"

"타 일족의 바이올로지스트들에게서 연락을 받았습니다. 다른 일족의 경계에서도 동일한 생물이 출현했나 봅니다. 심지어 극도로 폐쇄적인 바르쿠으르에서도 연락이 왔습니다."

그러고 보면 애초에 이 생물을 가장 먼저 발견한 일족은 바르쿠으르다.

임모라는 턱을 쓸며 말했다.

"흐음, 우리에겐 희소식이군요. 우리가 만든 이 식물이 효과적인 게 검증되면 그것을 다른 숲의 일족과 거래하면 좋겠습니다. 혹, 연락을 넣어 주시겠습니까?"

그들은 다시금 눈치를 보고는 마지막 한 명이 말했다.

"저희도 그렇게 하려고 했습니다만, 하이엘프께서 말씀하시길 다음번 디사이더가 태어나면 그와 상의하라고 하셨습니다."

또다시 심장이 철렁거렸다.

임모라는 고개를 홱 돌려 그들을 보았다.

"그게 무슨 말입니까? 이번 전쟁을 이끌어 온 건 접니다. 그런데 그 노력의 결실이 이제야 생겼는데, 그걸 다음번 디사이더에게 맡기다니요?"

바이올로지스트들은 대답하지 않고 조용히 임모라를 바라보았다.

임모라는 그들의 눈동자에 비친 자기 자신을 볼 수 있었다.

잔뜩 출혈되어 피를 쏟을 것 같은 두 눈.

반 이상 빠져 버린 치아.

이곳저곳이 썩어 버린 팔과 다리.

더 이상 기능할 수 없는 엘프가 그들의 눈동자 속에 있었다.

임모라의 얼굴이 격하게 일그러졌다.

심장은 점차 빠르게 뛰기 시작했고 호흡은 가빠져 오기 시작했다.

그는 눈을 감았다.

그리고 진정을 되찾기 위해서 노력했다.

"아, 알겠습니다. 돌아… 돌아갑시다."

임모라는 숲의 축복을 통해서 다시 집으로 돌아왔다.

그곳에는 아무도 없었다.

그는 한쪽에 아무렇게나 몸을 던졌다.

그리고 조용히 시간이 지나는 것을 기다렸다.

그러자 모든 것이 귀찮아지기 시작했다.

눈꺼풀을 깜박이는 것도 귀찮았다. 그래서 눈을 감았다.

손가락을 까딱하는 것도 귀찮았다. 그래서 가만히 있었다.

숨을 쉬는 것도 귀찮았다. 그래서 숨을 멈췄다.

꿈을 꾸는 것도 귀찮았다. 그래서 꿈을 꾸지 않았다.

어둠이 사방에서 조여 오고 그 중앙에서 영원한 안식이 꽃피기 시작했다.

그러나 날카로운 한마디가 그것이 다 자라기도 전에 꺾어 버렸다.

"임모라!"

임모라는 눈을 떴다.

그의 앞에는 아름다운 하이엘프가 그를 내려다보고 있었다.

"이렇게 죽으려고?"

"……."

"말해 봐. 죽을 거야?"

임모라는 대답하기조차 귀찮았다.

하지만 이 하이엘프에겐 이상하게 말을 하고 싶었다.

"예, 죽을 겁니다. 더 이상 살아 있을 이유가 없습니다."

"그럼 죽기 전에 나 좀 도와줘."

"네?"

"목적이 없다 했으니까, 내가 목적을 줄게. 나 하이엘프야. 예비 어머니라고. 개체에게 목적을 부여하는 건 어느 정도 가능하지."

"……."

"얼른, 일어나. 그리고 날 따라와."

임모라는 짜증이 났다. 하지만 그는 죽음을 선택하기보단 살기로 했다.

스스로 행동하는 것보단 명령을 듣는 게 편하니까.

미내로를 천천히 따라간 그는 그녀의 집 안까지 들어갔다.

그 안에는 그와 비슷한 신세로 보이는 한 인간 남성이 멍하니 서 있었다.

미내로는 임모라의 어깨를 붙잡았다.

그러곤 거대한 책의 한 편을 손가락으로 가리키며 말했다.

"여기 이거. 이 마법! 이거 좀 더 도와줘."

임모라는 다시금 짜증을 느꼈다.

그 마법은 지금까지 그가 시간이 날 때마다 연구했던 마법이다. 그 마법을 처음 본 날 이후로, 단 하루도 빼놓지 않고 그에 관해서 생각해 왔었다. 정작 미내로 본인이 등한시할 때도, 그는 그 마법에 대한 생각을 멈출 수 없었다.

물론 그것도 의지가 강했던 시절 이야기지만.

"제가 어떻게 돕습니까? 어차피 전 마법을 못 합니다."

"알아, 아는데. 너 어차피 죽잖아."

"예."

"그니까. 목적을 새로 주겠다는 거잖아. 이 마법을 연구해. 완벽히 이해할 때까지. 나도 그때까지 필요한 준비를 해 놓을게."

임모라는 반쯤 감긴 눈을 들어 그 거대한 책을 흘겨보았다.

"왜 차원이동을 하고 싶습니까?"

미내로는 어깨를 들썩였다.

"호기심이 강한 개체로 태어난 것뿐이지. 하지만 너도 그래서 이 마법에 열중한 거 아니야?"

"그보다는 새로운 곳에서 뿌리내리고 싶은 건 아닙니까?"

미내로는 고개를 저었다.

"아니야. 확실히 말해 둘게. 난 하이엘프로서의 욕구보다 마법사로서의 욕구가 더 강해."

"그야 뭐, 브리더에게 마법을 가르치고, 이계의 인간을 죽여다가 패밀리어로 만든 것만 봐도 잘 알겠습니다."

미내로는 씩 웃었다.

그녀는 천천히 임모라에게 다가왔다.

그리고 손을 뻗어 그의 얼굴에 올렸다.

"슬슬 약발이 떨어질 텐데, 오히려 얼굴에 생기가 도네."

"새롭게 목적을 부여받았으니까요. 하지만 오래가진 않을 겁니다. 이런 목적을 위해서 영양분을 배분받지 않았으니."

"알아. 하지만 그거면 돼."

"왜요?"

미내로는 자기 자신을 가리키며 말했다.

"모르겠어? 나 네크로멘서야. 죽음을 공부하는 마법사라고. 네가 조금만 더 살아 있어 주면, 나와 함께 영생할 수 있도록 해 줄게. 영원히 내 옆에 있는 거야. 어때?"

임모라는 허무한 웃음을 얼굴에 그렸다.

"이런 몸뚱이로 영원히 살아 있어 봤자 무슨 의미가 있습니까?"

미내로는 깊은 미소를 지었다.

"썩어 가는 육신쯤이야 갈아 끼우면 그만이니까."

"……."

"모르겠어? 우리에게 가장 큰 문제는 우리가 엘프라는 거야. 목적이 없으면 바로 썩어 버리는 이런 귀찮은 육신을 가지고 있는 거!"

임모라는 고개를 갸웃했다.

"무슨 말을 하는 겁니까?"

미내로는 입가에 손을 가져갔다.

그러곤 나지막하게 말했다.

"인간이 되자고, 인간이. 그러면 목적이 없어도 아무 문제 없어!"

*　　　　*　　　　*

눈이 부스스 뜨이며 보이는 세상에는 흑발 여인의 얼굴이 있었다.

"세상에. 마스터도 늦잠이란 걸 자네요?"

운정은 눈을 몇 번이나 깜박였다. 전신에 배어드는 현실감이 너무나 낯설었다.

머리는 맹렬히 돌아가며 무언가를 연구하고 있었다. 하지만 정작 무엇을 연구하는지 알 수 없었다. 다만 알 수 있는 건, 숨 쉬는 것 하나 먹는 것 하나까지 오로지 무언가를 위해 지금까지 연구해 왔다는 것뿐.

"몇 시더냐?"

시아스는 물이 담긴 컵을 건네며 말했다.

"정오에요."

"정오?"

운정은 물컵을 받아 물을 마셨다. 목이 어찌나 말랐는지, 물이 위장에 도착하기도 전에 다 흡수해 버렸다.

시아스는 침상 옆에 걸터앉고는 말했다.

"아침 수업이 막 끝나서 찾아와 봤는데, 설마 아직까지 주무시고 계실 줄은 몰랐어요."

"물, 더 있느냐?"

그 말에 시아스는 고개를 끄덕이더니, 들고 있던 물병으로 운정의 물컵에 물을 따라주면서 말했다.

"악몽이라도 꾸셨나 봐요? 침대가 다 젖었네."

그 말에 운정은 고개를 돌려 침상을 돌아봤다. 그곳은 딱 그의 몸과 똑같이 생긴 땀자국이 있었다. 그러고 보니 옷도 모두 몸에 딱 달라붙어 있었다.

운정은 눈을 껌벅이며 말했다.

"트렌센던스가 무슨 소용인가 싶구나. 악몽이라니. 언제 마지막으로 꾸었는지 기억도 나지 않는데……."

시아스가 말했다.

"무슨 악몽이었죠?"

운정은 멍하니 한곳을 바라보다가 다시금 물을 마셨다. 그러곤 빈 물컵을 양손으로 잡곤 나지막하게 말했다.

"어떤 마법을 연구했다."

"마법요?"

"얼마나 오랜 세월 동안 연구했는지는 기억나지 않아. 매일매일이 반복이었으니까. 먹고 자는 시간 외에 하는 일은 오로지 그 연구뿐이었다. 그것이 내 삶을 지탱하는 목적이었어."

시아스는 흥미로운 듯 물었다.

"꿈속에서 마법사셨군요?"

운정이 고개를 저었다.

"아니, 난 마법을 할 수 없었다. 그래서 더더욱 집착했지. 그 마법에 모든 것을 쏟았어. 일 년, 십 년, 아니, 백 년… 모르겠다. 얼마나 오랫동안 연구했는지 모르겠어."

"이상하긴 하지만 악몽은 맞네요. 그토록 오랜 시간 동안 마법 하나에 매달리다니요."

"그리고 어떤 이유에선 모르지만… 결국 성공했다. 결국은 성공하고……."

그는 물컵은 잡고 있는 자신의 손을 내려다보았다.

깨끗하고 젊었다.

하지만 왠지 모르게 자신의 것이 아닌 듯했다.

그는 눈을 살짝 감았다.

그리고 엘리멘탈에게 말을 걸어 선공을 운용했다.

그러자 그의 안색이 활력을 되찾았다.

그가 눈을 뜨자, 뚜렷한 안광이 자리 잡고 있었다.

시아스가 그를 물끄러미 바라보다가 툭하니 말했다.

"여왕께서 찾으셨어요."

"그래?"

"꼭두새벽부터 사람을 보내셨는데, 제가 돌려보냈죠. 주무시고 계셔서."

"흐음."

"시간 되실 때 언제든 찾아오시래요. 하지만 급해 보이시긴 했어요."

운정은 자리에서 일어났다.

땀에 젖어 무거운 옷이 그의 몸을 짓눌렀다.

몸을 이리저리 둘러보다가 나지막하게 말했다.

"채비를 해야겠구나."

시아스는 한쪽을 가리켰다.

그곳에는 김이 모락모락 나는 목욕통이 있었다.

"준비했죠."

운정은 시아스에게 고마움의 미소를 지어 보였다.

이후 그는 몸을 씻고 새로운 옷과 드래곤 클록을 입은 뒤 델로스 왕궁으로 향했다.

마침 점심때라 애들레이드는 렉크와 함께 점심 식사를 하고 있었다. 하지만 운정이 도착했다는 소식을 듣자 그에게 같이 식사하자고 청했다.

운정이 들어서자, 하녀들이 바삐 움직여 그의 자리를 준비했다. 운정은 잠시 그녀들을 기다려 준 뒤에, 그곳에 앉았다. 두 부녀는 이미 반쯤 먹은 듯 보였다.

"식사가 끝나실 때까지 기다릴 수 있습니다."

"우리와 식사하기가 싫으십니까, 타이지 백작?"

"그럴 리가요, 영광입니다."

운정이 그렇게 말하자, 애들레이드는 렉크를 한 번 째려보았다. 렉크의 눈꼬리가 내려가자 그녀가 반쯤 웃으며 운정에게 말했다.

"아버지께서 가끔 재미없는 농을 하시니 이해하세요."

"괜찮습니다. 그리고 제게 하대하셔도 좋습니다, 여왕님."

"아닙니다, 타이지 백작. 공식 석상에선 어쩔 수 없지만, 사적인 자리에서까지 타이지 백작께 하대하지는 않을 것입니다. 저와 제 아버지의 은인이시니까요."

"……."

운정은 예의에 맞는 정도로 미소를 짓고는 자연스럽게 식사를 시작했다.

애들레이드는 더욱 깊게 웃으며 말했다.

"고향의 입맛에 맞게끔 조리해서 조금 짤 수도 있습니다. 양해해 주시길."

확실히 모든 음식에서 짠맛이 먼저 느껴졌다. 하지만 다른 풍미를 해칠 정도는 아니었다.

"아닙니다. 오히려 좋군요."

렉크는 그 둘의 눈치를 보더니 헛기침을 했다.

"크흠, 음식이 잘 맞다니 다행입니다. 중원행은 어떠셨습니까?"

운정이 대답했다.

"오랜만에 본 사람들이 꽤 있어 좋았습니다. 빈 마나스톤은 아직 채워졌을 리 없으니, 조금 시간을 더 두었다가 가져오도록 하겠습니다."

"흐음, 얼마나 걸릴 것 같습니까? 아예 짐작조차 되지 않아서."

운정은 잠시 고민한 뒤 말했다.

"그리 오래 걸리진 않을 겁니다. 저도 확인을 해 보진 않아서 확답을 드리긴 어렵습니다만, 보름 안에는 가능할 겁니다. 아니, 열흘 안에도."

"아, 다행이군. 난 막 몇 년 단위로 생각했었습니다."

"마지막으로 한 번 더 갈 일이 있으니, 이번 일이 일단락되면 가도록 하겠습니다."

그 말에 애들레이드와 렉크가 서로 눈을 마주쳤다.

렉크가 다시 말을 시작하려는데, 애들레이드가 먼저 말했다.

"타이지 백작, 중원에 가시기 전에 저희가 설명했던 상황을 기억하십니까?"

운정은 고개를 끄덕였다.

"물론입니다. 그리고 스페라 백작을 통해서도 어느 정도 이야기를 전해 들었습니다. 다른 사왕국과 함께 연합군을 꾸리신다고요."

애들레이드가 설명했다.

"이는 델라이의 영토를 넓히고자 하는 야망 때문이 아님을 분명히 밝히고자 합니다, 타이지 백작. 저희가 미에느 공주의 제안을 받은 이유는 제국의 수도인 롬의 황궁이 그 기능을 잃어 완전한 무법지가 되었고, 또 그로 인해서 제삼자의 세력이 미티어 스트라이크 마법을 무분별하게 시전하지 않을까 하는 염려 때문입니다."

"그 또한 들어서 알고 있습니다."

이번엔 렉크가 말했다.

"연합군에서 우리에게 바란 것은 바로 신무당파 기사들입니다. 특히 무공을 펼칠 수 있는 기사들 위주로 소수 정예를 부탁했습니다. 방금 여왕께서 말씀하셨지만, 이번 연합군의 목적은 제국을 침공하여 그 영토를 빼앗는 것이 목적이 아니기 때문입니다."

운정은 단도직입적으로 말했다.

"당장 신무당파에서 투입할 수 있는 기사는 저를 포함 총 다섯입니다. 이 정도로 괜찮겠습니까?"

렉크는 잠시 고민하는 표정을 짓다가 말했다.

"그것이 괜찮을지 아닐지는 사실 신무당파에서 판단해야

합니다."

운정이 고개를 갸웃했다.

"연합군에서 특정한 수를 요구한 것이 아닙니까?"

"미에느 공주는 연합군을 짤 때에 각 나라에 군사를 지원해 달라고 하지는 않았습니다. 정확하게 말하자면 연합군이 이루고자 하는 목적을 배분했습니다."

"목적을 배분했다?"

"롬에서 미티어 스트라이크 마법 관련 시설이 있는 곳은 바로 천년제국의 집정관입니다. 그곳은 롬 안의 또 하나의 도시라 해도 좋을 만큼 거대한 크기를 자랑하고, 또 핵심 군사 기관이기에 그 보안으로 치면 제국 황궁보다도 더 심합니다. 최고의 인공 요새이지요. 그중에서도 미티어 스트라이크 마법 관련 시설은 더더욱 그 중심에 있어, 연합군을 모두 동원한다 할지라도 들어가기 어렵습니다. 미에느 공주는 델라이에서, 아니, 신무당파에서 이 부분을 담당하길 원합니다."

운정은 렉크의 말을 이해했다.

"그러니까 그 목적을 이루는 방법에 있어서는 신무당파에 자유가 있다는 것이로군요."

"그렇습니다, 타이지 백작. 물론 백작께서 원하신다면 델라이의 모든 사람과 자원을 사용하실 수 있습니다. 이는 아시스 대장군과 알비온 수석 마법사까지 모두 동의한 부분입니다."

운정은 음식을 먹으며 잠시 생각에 빠졌다. 렉크와 애들레이드는 조용히 그를 기다려 주었다.

이윽고 그가 입을 열었다.

"저는 무공을 익혀 전투에는 익숙하나 그 외적인 부분은 잘 알지 못합니다. 어떤 시설에 잠입해서 원하는 목표를 이루는 건, 짧은 경험만이 있을 뿐입니다."

"그에 관해서도 지원하겠습니다. 그쪽으로 유능한 인물들을 초빙하여 붙여 드리지요."

운정이 물었다.

"그동안 다른 사왕국은 무엇을 합니까?"

렉크 백작은 고개를 저었다.

"미에느 공주는 홀로 각국의 왕들을 만나 각각 보상들을 제시하고 또 거래하며 연합군을 이끌어 냈습니다. 각각의 나라와 무슨 거래를 했는지는 정확히 알 수 없습니다."

"그럼에도 불구하고 그녀를 믿으시는 겁니까?"

"왜냐하면 미에느 공주는 우리가 바라는 것을 정확히 알고 또 그것을 실행하는 부분까지 우리에게 전권을 맡겼기 때문입니다. 제국의 미티어 스트라이크 마법이 악인의 손에 들어가선 안 된다는 건 모두가 다 아는 사실입니다. 그리고 누군가는 이를 확인하고 막아야 합니다. 이것이 설사 미에느 공주에게 어떤 막대한 이익을 가져다 준다 할지라도 말입니다."

"……."

"이는 신무당파의 대의와도 같다고 볼 수 있습니다. 국가 수준의 제도도 없이 그런 강력한 마법을 누군가 남용한다면, 끔찍한 결과가 초래될 것입니다."

이번엔 애들레이드가 운정을 바라보며 말했다.

"타이지 백작, 이번 일은 단순히 델라이를 위한 일이 아닙니다. 파인랜드 전체를 위한 일입니다. 부디 부탁하건대 이번 일을 맡아 주십시오."

운정이 말했다.

"저도 그 모든 말에 동의하는 바입니다. 하지만 한 가지 조건이 있습니다."

"무엇입니까?"

"전 누구도 그 시설을 다시 사용할 수 없게 파괴할 생각입니다. 델라이에서와 마찬가지로. 이에 동의하십니까?"

운정의 두 눈은 청량했고 또 맑았다.

렉크는 그와 시선을 마주치며 즉시 대답했다.

"좋습니다. 오히려 이쪽에서 부탁드리고 싶었던 겁니다, 타이지 백작. 다시 말씀드리지만, 이건 델라이의 국익을 위한 일이 아닙니다."

운정은 식기를 내려놓았다.

"그럼 바로 일을 시작하겠습니다. 혹 제가 아시스와 알비온 모두 불러서 회의를 진행해도 되겠습니까?"

애들레이드가 대답했다.

"그렇게 하십시오, 타이지 백작."

운정은 자리에서 일어났다.

그리고 포권을 취하더니, 이내 식당에서 걸어 나갔다.

그의 뒷모습을 바라보던 애들레이드는 그가 사라진 것을 보곤 말했다.

"그가 위험에 처하지 않을까요, 아버지?"

렉크는 한숨을 쉬었다.

"어쩔 수 없다. 현재 롬의 상황은 아무도 모른다. 한 가지 확실한 건 황궁을 중심으로 롬 전체에 노마나존이 몇 날 며칠째 펼쳐져 있다는 것뿐이지. 그 확실한 정보에서 유추할 수 있는 사실은 하나다. 황제에게 그렇게 해야만 하는 이유가 있다는 것."

"그리고 그것은 미티어 스트라이크 마법을 막기 위한 것이라는 것이죠. 하지만 그 또한 추측에 불과해요."

"그게 아니라면 무슨 이유가 있겠느냐? 단순히 황궁을 보호하기 위해서라면 그토록 광범위하게 펼칠 이유가 없다. 하지만 반란 세력은 이미 롬에 침투해 있는 상태이지. 또한 몇 날 며칠 계속됐다는 건 일종의 소강상태에 있는 것이니까……."

"미에느 공주의 추측이 틀렸다면요?"

"그럼 오히려 다행이다. 그냥 내버려 두고 빠져나오면 되니까. 일단 이 일은 타이지 백작에게 맡기고 우리는 내전 수습에 집중하자꾸나."

"예, 아버지."

부녀는 걱정스러운 마음을 애써 지워 냈다.

*　　　　*　　　　*

운정은 중앙 정원에 있는 정자에서 아시스와 알비온을 기다렸다.

그들은 소식을 듣자마자 운정을 보기 위해서 찾아왔다.

알비온이 자리에 앉으며 말했다.

"참으로 창의적인 회의 장소로군요. 오랫동안 왕궁 생활을 했지만, 중앙 정원에 이런 곳이 있는 줄은 몰랐습니다."

아시스 또한 남은 자리에 앉으며 말했다.

"타이지 백작께서는 중앙 정원을 사랑하시지요."

운정은 포권을 취하곤 말했다.

"둘 다 어느 정도 사정을 들었으리라 생각합니다만?"

이에 아시스와 알비온 모두 고개를 끄덕였다.

운정이 알비온을 바라보며 말을 이었다.

"전 신무당파의 제자 넷과 함께 이 일을 수행할 생각입니다. 하지만 저희가 맡은 임무를 수행하기에는 정보와 경험이 모두 부족합니다. 이에 양쪽에서 지원을 받고자 합니다."

알비온이 물었다.

"어떤 임무인지 구체적으로 물어봐도 되겠습니까?"

"롬에 있는 미티어 스트라이크 관련 시설을 파괴하는 것입니다."

그 말에 알비온이 믿을 수 없다는 듯 아시스를 슬쩍 보고는 되물었다.

"파, 파괴요?"

반응을 보니 그것까지는 렉크가 말하지 않은 듯싶었다.

운정이 고개를 끄덕이자 아시스가 물었다.

"혹 그것을 저희 쪽에서 사용할 수는 없겠습니까?"

운정이 고개를 저었다.

"제국의 미티어 스트라이크는 다른 사왕국의 미티어 스트라이크보다 훨씬 진보된 것이다, 아시스. 한 시간 만에 운석을 불러들여 도시를 초토화시킬 수 있지. 보름에 걸쳐서 오는 기존의 것은 인명 피해를 최소화할 수 있다만, 이것은 다르다. 필히 수많은 인명 피해를 역사에 남길 것이다."

아시스는 담담하게 물었다.

"그야 그렇지만 그것을 무분별하게 사용하지 않고 철저한 절차 내에서 사용한다면 괜찮지 않겠습니까?"

운정은 단호하게 대답했다.

"사람이 감당할 수 없는 큰 힘은 화를 자초한다. 아니, 악을 자초하지."

"악을요?"

아시스는 이해할 수 없다는 듯 되물었으나, 운정은 더 설명하지 않았다. 대신 알비온을 보며 확정적으로 자신의 뜻을 밝혔다.

"여왕님께서는 제가 임무를 수행하는 데 있어, 마법부와 군부 모두의 도움을 전적으로 받을 수 있다고 하셨습니다. 이에, 전 각각 마법에 대한 자문을 구할 마법사 한 분과 군사적으로 도움을 주실 수 있는 한 분을 바랍니다."

알비온이 물었다.

"그 둘은 정확하게 어떤 역할을 맡게 되는 것입니까?"

운정이 대답했다.

"어떤 시설이 미티어 스트라이크 시설인지, 그것을 파괴하기 위해선 어떻게 해야 하는지, 혹은 위험하지 않는지와 같은 문제를 판별할 것입니다. 그러니 마법 능력보다는 마법에 대한 지식과 눈썰미가 뛰어나야 합니다."

"……."

운정은 이번엔 아시스를 돌아보고 말을 이었다.

"또한 신무당파에서 잠입하려는 곳은 군사 시설이다. 이에 그러한 환경에 대해서 잘 아는 사람이었으면 한다."

아시스가 잠시 생각하다가 물었다.

"그런 사람이 없지는 않지만, 롬의 군사시설은 델라이의 그것과는 다릅니다. 집정관 내부의 사정을 아는 사람은 아마 없을 겁니다."

"내부 정보는 또 다른 곳에서 도움을 받을 것이다. 다만 최소한 진위 여부를 가릴 수 있는 정도의 군사 지식이 있는 사람이 필요하다."

둘은 잠시 고민하다가 거의 동시에 말했다.

"한 명 있습니다."

"저도요."

운정은 고개를 끄덕였다.

"그 둘을 지금 이곳으로 불러 주십시오. 알비온 수석 마법사님. 미에느 공주에게도 연락할 수 있겠습니까? 아시스, 신무당파에도 연락해서 네 제자들을 부르거라."

알비온은 아시스와 눈을 마주치다가 곧 고개를 끄덕이고는 자리를 떴다.

고요한 중앙 정원에서 홀로 남은 운정은 차분히 내부를 들여다보았다.

네 엘리멘탈은 수시로 운정에게 말을 걸었고, 운정은 그들과 대화하면서 보낸 이들을 기다렸다.

얼마나 지났을까?

한쪽에서 알비온이 미에느, 그리고 브리타니 백작과 함께 걸어왔다. 미에느는 전과 다를 바 없었으나, 브리타니는 심한 두통을 겨우 감추고 있는 듯 보였다.

미에느는 자신의 안방인 것처럼 운정 앞에 앉더니 방긋 웃었다.

"안녕하세요, 운정 도사님, 아니, 타이지 백작님. 저를 찾으신다 하여 하던 회의를 다짜고짜 중지하고, 얼른 이렇게 찾아왔답니다."

운정은 포권을 취했다.

"안녕하십니까, 미에느 공주님, 브리타니 백작님. 제가 두 분을 이렇게 부른 것은 몇 가지 묻고 싶은 것이 있기 때문입니다."

미에느는 고개를 끄덕였다.

"평소 돌려 말하시는 습관이 있는 것으로 압니다만, 지금은 단도직입인 대답을 부탁드립니다. 해야 할 일이 산더미라서."

운정은 살짝 웃고는 말했다.

"현 연합군 상황은 어떻습니까?"

미에느는 나지막하게 대답했다.

"롬에서 가장 가까운 도시인 티볼리를 통해서 진군을 모두 끝냈습니다. 현재 롬을 동서남북으로 포위하고 있지요. 명령

문 하나면 당장에라도 모두 들어갈 수 있습니다. 하지만 아쉽게도 안으로 들어갈 수 없는 안타까운 이유가 하나 있어, 지금 거의 이틀째? 예, 이틀째 지켜만 보고 있는 상황입니다."

"안타까운 이유?"

미에느는 한쪽 입꼬리를 올리더니 말했다.

"안 좋은 기억이 있어서요. 환상에 불과했지만, 그 일이 현실로 일어난다면 정말이지 너무 아찔할 것 같아서."

운정은 살짝 웃더니 말했다.

"단도직입적이셔야 할 분은 미에느 공주님인 듯합니다."

미에느는 운정의 시선을 마주 보며 설명했다.

"아시다시피 지금 롬은 노마나존의 영향 아래 있습니다만… 만에 하나, 정말 만에 하나 연합군이 안에 들어갔을 때 노마나존이 꺼지고 소형 미티어 스트라이크 마법이 롬에 시전된다면, 연합군 전체가 속수무책으로 당할 가능성이 큽니다."

"한 시간이라는 여유 시간이 있지 않습니까?"

미에느는 턱을 살짝 들었다.

"언제 한 번 연합군을 직접 이끌어 보시지요. 그럼 제 마음을 아실 겁니다. 연합군은 들어가라 했을 때는 다 같이 함께 들어가지만, 밖으로 나오라 할 때는 한 번에 나오지 않습니다. 연합군이 도시 구석구석 퍼져 있다면, 한 시간 동안 반도 채 다 못 나올 겁니다. 연합군의 특성상 간계에 당하기도 쉽지요. 그러니 연합군처럼 덩치가 큰 군대는 가장 확실한 수박에 둘 수 없습니다."

운정은 고개를 끄덕였다.

"그렇군요. 무슨 뜻인지 이해했습니다."

미에느는 운정을 향해 눈웃음을 그리며 말했다.

"이젠 제가 왜 타이지 백작님의 부르심에 한걸음에 달려왔는지 아시겠지요. 심지어 지금 애들레이드 여왕님도 뵙지 않고요. 타이지 백작님의 도움이 없으면 연합군은 수도 안으로 들어갈 수 없습니다."

운정이 단조롭게 말했다.

"분명히 말해 두겠습니다. 전 미티어 스트라이크 시설을 파괴할 겁니다."

미에느는 미소 지었다.

"그건 도리어 제가 원하는 바입니다. 그걸 가지고 또 사왕국끼리 싸우기 시작하면… 아마 그땐 제 머리카락이 다 빠져나가겠지요."

"좋습니다. 그럼 황제와 연락을 취해 주십시오."

"예?"

미에느가 놀란 눈을 하자, 운정이 아무렇지도 않다는 듯 말했다.

"사왕국 모두와 긴밀히 연락하여 연합군을 이끌어 내실 정도로 수완이 좋으신 미에느 공주께서 설마 제국의 황제와 연락하지 않았다는 말씀이십니까?"

"……."

미에느는 운정의 질문에 대답하지 않았다.

이에 운정이 다시 입을 열었다.

"이 일은 노예 기사단으로 인하여 일어난 반란이라고 들었습니다. 그런데 제가 알기론, 그 노예 기사단… 전에 소론에서 연합군을 꾸리셨을 때 고용하지 않으셨습니까?"

"그, 그랬지요."

"그렇다면 미에느 공주께서는 어찌 보면 그들이 반란을 일으키도록 주동한 것일 수도 있겠습니다."

미에느는 고개를 저었다.

"그것까진 모르는 일이었습니다. 저희가 그들을 고용했기에 그들이 반란을 위한 자금을 마련했을지는 모르지만, 제가 그것을 미리 알고 한 것은 아닙니다."

"미리 알고 한 것은 아니지만, 그것을 어느 정도 추측할 수는 있었겠지요."

"……."

"그리고 제가 보았을 때 미에느 공주님께서는 어느 한쪽을 믿고 일을 진행하지는 않으실 것 같습니다. 황제 쪽에도 분명 연락을 하였을 것이라 생각합니다. 지금 황제 입장에서는 반란 세력을 잠재우기 위해서라도 자신을 지켜 줄 군사가 필요할 테니까요."

그 말에 미에느는 한참을 운정을 노려보다가 곧 한숨을 쉬더니 말했다.

"비슷합니다."

"어떻게 말입니까? 자세히 설명해 보십시오."

미에느는 팔짱을 끼더니, 브리타니를 한 번 흘겨보았다.

브리타니는 깊은 한숨을 쉬더니 곧 모르겠다는 표정을 지었다.

미에느는 곧 운정에게로 시선을 돌리곤 말했다.

"제가 연합군을 꾸렸었다는 소식을 어떻게 들었는지, 황제 쪽에서 먼저 연락이 왔습니다. 황제가 말하길 군사를 일으켜 자신을 도와준다면 앞으로 라미에시스와 긴밀한 협정을 맺어 다른 사왕국보다 월등히 우대해 주겠노라고 약조했습니다."

"그 약조를 믿으십니까?"

"안 믿죠. 하지만 얼마나 급하면 제게 그런 말을 했겠습니까?"

"그렇게 말씀하시는 걸 보니, 미에느 공주님께서는 롬의 상황을 잘 아시는군요."

미에느는 양손을 한 번씩 번갈아 펼치며 말했다.

"잘 알고 말고 할 것도 없이 간단합니다. 황제 그리고 집정관. 이 두 세력이 팽팽하게 맞서는 와중에, 황제 세력인 노예 기사단이 반란을 일으킨 겁니다. 그들을 진압하기 위해선 집정관의 기사들이 필요하지요. 하지만 집정관에선?"

"황제를 도와줄 이유가 없을 겁니다."

"예. 때문에 황제는 황궁 내 깊숙한 곳에 위치한 벙커에 몸을 숨긴 채 노마나존만 가동하고 있는 것입니다. 따라서 롬에선 반란을 일으킨 노예 기사단과 집정관 휘하 기사단들 간의 전투가 이어지고 있다고 예상됩니다."

"그래서 황제가 공주님께 연락을 한 것이로군요. 자신을 돌봐 줄 사람이 없으니."

미에느는 고개를 끄덕였다.

"역시 이해가 빠르시군요. 황제는 지금 집정관이든 노예 기사들이든 자기를 미티어 스트라이크 마법으로 죽이려 한다고 생각합니다. 벙커를 뚫어 낼 방법은 그것밖에 없거든요."

운정의 시선이 잠시 먼 곳을 향했다.

모두가 그를 바라보는데, 그가 곧 나지막하게 말했다.

"미티어 스트라이크 관련 시설까지 저와 제 제자들을 이끌 길잡이가 필요합니다. 황제 쪽에서 지원해 주었으면 합니다."

미에느가 물었다.

"정보나 지도 그런 것들을 말씀하시는 겁니까?"

"아닙니다. 사람이 좋습니다. 관련 시설에 대해서 잘 아는 사람으로 부탁드리겠습니다."

미에느는 고개를 끄덕였다.

"알겠습니다. 언제쯤 오실 겁니까?"

"준비되는 대로 가겠습니다."

"그럼 수석 마법사님께 좌표를 드리지요. 준비가 되시면 사람들과 함께 그쪽으로 공간이동하시면 됩니다. 롬의 북문 밖입니다."

그렇게 말한 미에느는 자리에서 일어나 운정을 향해서 고개를 살짝 숙였다.

알비온은 그녀가 자신을 쳐다보자, 곧 그녀를 안내하려고 하다가 갑자기 운정에게 고개를 들고 살짝 말했다.

"아, 마법부에선 제가 가기로 했습니다, 타이지 백작님."

"괜찮으시겠습니까?"

"예. 중요한 일인 만큼 제가 직접 가는 것이 좋을 것입니다."

"목숨이 위험한 일입니다."

"압니다. 때문에 제가 가겠다는 겁니다. 저 말고 이 일에 맡길 수 있는 분은 스페라 백작뿐인데, 감히 그분께 부탁을 드리고 싶지 않습니다. 제가 하고 싶습니다."

"……"

"부탁드리겠습니다."

그가 고개를 숙이자 운정은 마지못해 대답했다.

"정 그러시다면 알겠습니다."

알비온은 환한 표정을 짓더니, 곧 미에느와 브리타니를 대리고 중앙 정원을 나섰다.

운정이 조금 기다리자, 이번엔 아시스가 왔다.

그녀 옆에는 처참한 꼴의 노인이 있었다.

머리카락도 듬성듬성했고, 치아도 거의 대부분 빠진 듯했다.

운정은 그의 이름을 불렀다.

"슬롯 경."

슬롯은 운정을 마주 보지 못하다가 곧 용기를 내서 그를 보았다.

그가 입을 겨우 열고 말했다.

"사, 사정은 드, 들었습니다. 저, 저를 써, 써 주십시오."

그의 말은 수시로 떨렸고, 매우 연약했다. 두 눈빛 또한 탁하기 이를 데 없어, 언제라도 꺼질 듯한 작은 등불 같았다.

운정이 아시스를 보자, 아시스가 먼저 말했다.

"그만큼 경험이 많은 사람은 없습니다, 마스터."

슬롯은 얼른 말을 붙였다.

"저, 전에 한번 드, 들른 저, 적이 있습니다. 초, 초대를 받았었지요. 부, 분명 제가 도, 도움이 될 겁니다."

운정은 그를 차분히 바라보다가 말했다.

"살아 돌아오기 어려울 수 있습니다."

슬롯은 앙상한 두 손을 내밀었다. 그리고 운정의 손을 붙잡고는 간절히 말했다.

"아, 압니다. 그, 그래서 더, 더더욱 가, 가고 싶습니다."

운정은 나지막하게 말했다.

"그나마 남은 삶은 평온하게 보내시지요."

슬롯은 고개를 젓더니 말했다.

"절 데려가 주십시오, 우, 운정 도사님. 용서해 주십시오."

운정이 그를 마주 보며 말했다.

"전 이미 당신을 용서했습니다. 아니, 용서할 것도 없습니다. 당신은 혈마석에 의해서 마성에 젖었던 것이니, 제게 그리고 스페라에게 한 행동은 당신의 의지라고 하기 어렵지요. 그리고 이미 당신은 그 대가를 지불하지 않았습니까? 그러니 괜찮습니다."

앙상한 두 손에 힘이 들어갔다.

그러나 파르르 떨리는 것이 고작이었다.

"저, 정말로 요, 용서하셨습니까?"

"……."

"마, 만약 그렇다면 저, 저를 데려가 주십시오. 부, 부탁드리겠습니다."

운정은 눈길을 들어 아시스를 슬쩍 보았다.

아시스는 고개를 끄덕여 보였다.

운정은 한숨을 쉬더니 한 손을 들어 슬롯의 앙상한 손 위에 올리며 말했다.

"알겠습니다, 슬롯 경. 함께 갑시다."

슬롯은 이미 반 이상 빠진 치아를 드러내며 씩 웃었다.

아시스가 그에게 말했다.

"잠시 돌아가 계십시오. 롬으로 떠날 때 말씀드리겠습니다."

슬롯은 알았다는 듯 손을 흔들더니, 곧 천천히 그곳에서 떠났다.

그가 멀리 사라지자 운정이 말했다.

"왜 굳이 그를 추천하는 것이냐, 아시스."

아시스는 공손히 말했다.

"이번 임무에 가장 적합한 인물입니다. 슬롯 경은 수없이 많은 파병으로 누구도 따라올 수 없는 많은 경험을 한 기사입니다. 군부의 그 누구보다도 그를 보내는 것이 더 좋을 것입니다."

"그는 이제 곧 죽을 사람이다. 죽기 전까지는 평안하게 살게 해 주고 싶다."

"그 때문에 보내고 싶은 것입니다."

"……."

"혹 그를 믿지 못하십니까?"

운정은 고개를 저었다.

“믿는다. 그가 하는 말엔 거짓이 없다. 그는 진심으로 자신의 행동을 뉘우치고 후회하지.”

“그렇다면, 마스터. 그를 써 주십시오. 그것이 그를 위한 길입니다. 한때나마 파인랜드 최고의 기사이며 델라이 흑기사의 캡틴이었습니다. 이번 임무로 그의 과오를 스스로 씻을 수 있게 해 주십시오.”

운정은 눈을 살짝 감았다.

“알겠다.”

“감사합니다.”

“신무당파에는 연락했느냐?”

“예, 곧 디사이플 후보 넷이 올 겁니다.”

운정은 고개를 끄덕이더니 자리에서 일어났다.

“그럼 모두에게 사정을 설명하고 심신을 준비하라 전해라. 나는 NSMC에서 기다리고 있으마.”

“네, 마스터.”

운정은 천천히 걸음을 옮겨 NSMC로 향했다.

그곳에는 알비온이 기다리고 있었다.

그가 운정에게 말했다.

“미에느 공주가 남긴 좌표를 살펴보았습니다. 그녀 말대로 롬의 북쪽이 맞습니다.”

"그럼 슬롯 경과 제자들이 올 때까지 잠깐 기다렸다가 그들이 도착하면 같이 갑시다."

알비온의 얼굴이 살짝 굳었다.

"슬롯 경요?"

"그렇게 되었습니다."

운정의 말에 알비온은 침음을 흘렸다.

"확실히… 그만큼 좋은 사람은 없겠군요. 아, 떠나기 전에 스페라 백작님이 잠시 찾아온다고 했었습니다. 혹 괜찮겠습니까?"

운정은 용서했지만, 스페라는 아니다.

전에 슬롯이 눈앞에 보이면 죽일 거라고 엄포를 놓았었다.

이를 같이 들었던 알비온은 괜한 분란이 일어날까 염려한 것이다.

"솔직하게 슬롯 경이 있으니 오지 말라고 하면 알아들을 겁니다. 그녀도 애써 오진 않겠지요."

"알겠습니다. 그럼 그렇게 전하지요."

알비온이 NSMC 밖으로 잠깐 나갔다.

또다시 홀로 남게 된 운정은 NSMC 건물 내벽을 찬찬히 살펴보았다.

거미줄처럼 촘촘한 홈 사이로 흐르는 금색 물질은 어떤 마법을 시전하느냐에 따라 이리저리 움직이며 도형을 만들어

낸다.

NSMC는 본래 로스부룩이 차원이동하기 위해서 만든 것이라 했다. 그리고 확실히 이리저리 나 있는 홈을 따라가 보면 차원이동을 위해서 만들어야 할 도형들을 모두 재현할 수 있게끔 되어 있었다. 마치 그 모든 도형을 그대로 바닥과 벽에 투사하여 모든 경로를 그려 놓은 듯한…….

"잠깐, 내가 어떻게 차원이동 마법을……."

운정은 순간 비틀거렸다.

[일어나요!]

[일어나요!]

[일어나요!]

[일어나요!]

네 엘리멘탈의 외침이 정신을 강하게 뒤흔들었다.

운정은 자신의 머리를 부여잡았다.

깨질 듯한 두통으로 인해서 얼굴을 잔뜩 찡그렸다.

그는 심호흡을 하며 선공을 일으켰다.

그러자 단전으로부터 건기와 곤기가 흘러나와 그의 전신을 감싸 안았고, 이에 그는 다시금 정신을 차릴 수 있었다.

"운정?"

운정은 자신의 이름을 듣고는 고개를 돌렸다.

그곳에는 알비온과 마법부 소속 마법사들 그리고 스페라가 있었다.
그녀는 상황이 심상치 않다는 걸 느끼곤 얼른 운정에게 달려와 그의 팔을 부축했다.
운정이 나지막하게 중얼거렸다.
"하아, 스, 스페라."
스페라는 걱정스러운 눈길로 운정을 보더니 말했다.
"괜찮아? 왜 그래?"
운정은 눈을 질끈 감더니 방금 머리를 스쳐 지나간 잔상들을 떠올렸다.
"저, 전… 후우, 후우. 차, 차원이동."
"어?"
"저, 전 차원이동 마법을… 여, 연구했었습니다."
스페라는 더욱 심각해진 표정으로 운정을 보며 말했다.
"무슨 말이야? 차원이동 마법을 연구했다니. 오딘 아이로 본 걸 말하는 거야?"
운정은 고개를 저었다.
"그게 아니라. 그게… 그게."
"운정?"
운정은 머리를 마구 흔들었다. 그러면서 무한한 내력으로 심력을 도왔다.
그러자 그의 머리를 어지럽히는 모든 잡념이 저 멀리 사라졌다.

운정은 한결 시원함을 느끼며 스페라에게 말했다.

“괜찮습니다. 이젠, 괜찮아요.”

“…….”

“잠시… 오늘 꾸었던 악몽의 잔상들이 나타나서…….”

“악몽? 네가? 그런 걸 꾼다고? 가능한 거야?”

운정은 고개를 몇 차례 끄덕이더니 말했다.

”우선은 이번 일에 집중해야겠습니다. 그리고 이후에 제대로 알아보도록 하죠.”

스페라는 여전히 걱정스러운 눈길로 운정을 보다가 말했다.

“알겠어. 네가 꾼 거니까, 그 악몽은 단순한 게 아닐 거야.”

“예, 스페라. 아 참.”

“응?”

“이곳에 오시지 마시라고 했는데.”

운정이 알비온을 보는데, 스페라가 손으로 운정의 얼굴에 올려놓고 자신을 향해서 돌리면서 말했다.

“내가 오겠다고 했어, 네가. 롬에 간다니까, 조금 걱정되어서 얼굴이라도 봐 두려고.”

운정은 굳은 표정으로 말했다.

“곧 슬롯 경이 올 테니, 그의 얼굴을 보고 싶지 않다면 떠나는 것이 좋을 겁니다."

슬롯의 이름을 듣자마자 스페라의 얼굴에 살기가 돋아났다.

하지만 그녀는 곧 눈을 확 감고는 입술을 살짝 깨물곤 말했다.

"그래, 알았어. 괜히 그 면상 봤다가는 진짜 나도 내 화를 주체하지 못할 거야. 아무튼, 얼굴 봤으니까 갈게."

운정은 맑게 미소 짓더니 말했다.

"마음을 곱게 가지니 좋습니다, 스페라."

"너 때문이야, 너. 너 아니었으면 정말 어림없어. 알지?"

"알지요."

운정은 스페라를 사랑스럽게 바라보다가 곧 천천히 그녀의 이마에 키스해 주었다.

딱딱하게 굳어 있던 스페라의 얼굴이 붉게 변하면서 대번에 행복이 차오르기 시작했다.

"……."

그녀는 이내 쭈뼛쭈뼛하다가 곧 아무 말도 못 하곤 고개를 숙였다. 그러곤 기어들어 가는 목소리로 말했다.

"자, 잘 다녀와."

그녀는 그렇게 말한 뒤 몸을 휙 하니 돌려서 NSMC를 나가 버렸다.

이 모든 것을 바라본 모든 마법사들과 알비온의 표정은 가관이었다.

“아, 아하, 하하하. 그, 그녀도, 그러고 보니, 여자군요. 그래요, 맞지요. 여자예요, 하하하.”

운정은 그들을 향해 살짝 웃어 보였다.

그들은 이후 다른 이들을 기다렸다.

그동안 알비온이 몇 차례 대화를 시도하려 했다. 하지만 운정이 뒷짐을 진 채 필요한 대답만 하니, 대화가 원활하게 오고 갈 수 없었다. 알비온은 이런 어색함을 잘 견디지 못하는 성격인지 계속해서 분위기를 풀어 보고자 노력했다. 하지만 운정은 전혀 개의치 않으며 심신을 다지는 데만 집중했다.

이내 신무당파의 디사이플 후보, 하냐, 미사, 벤느고 그리고 로튼과 슬롯이 도착했다. 셋은 비교적 가벼운 미스릴 풀 플레이트 아머를 입고 있었고, 로튼은 가죽옷을 착용하고 있었다.

한때 흑기사로서 슬롯을 따랐지만 신무당파로 전향한 하냐, 미사, 벤느고는 계속 슬롯의 눈치를 보았다. 그도 그럴 것이, 슬롯의 입장에서는 그들이 흑기사단을 배신한 것과 다름없었기 때문이다.

하지만 슬롯은 그들에게 아무런 악감정이 없었다. 오히려 그들에게 먼저 안부를 묻고 또 오히려 강력해진 힘과 타락하지 않은 정신이 자랑스럽다는 말을 해 주었다.

로튼은 이 모든 것을 지켜보며 아무 말도 하지 않았다.

칠 인이 모두 NSMC 안에 들어가자, 마법사들이 주문을 시전했다.

[텔레포트(Teleport).]

그렇게 모두 델라이의 NSMC에서부터 머나먼 롬의 북문으로 공간이동했다.

"으읍, 으읍, 읍."

"크학, 크하학, 하학."

알비온은 억지로 입을 틀어막았다.

슬롯은 그 자리에 주저앉더니, 마치 장기를 토해 낼 듯 구역질을 멈추지 못했다.

신무당파의 무공을 익힌 네 제자들은 살짝 머리를 짚는 정도의 두통밖에 느끼지 못했고, 운정은 전과 전혀 다를 바가 없었다.

운정은 웅크리고 있는 슬롯의 등 뒤에 손을 얹었다. 그리고 순수한 선기를 불어넣어 속을 다스려 주었다. 주화입마로 인해 만신창이가 된 그의 기혈이 그대로 느껴졌다.

그와 동시에 운정은 고개를 들어 주변을 보았다.

"어서 오세요, 운정 도사님."

그에게 걸어오며 인사하는 미에느는 평온한 모습이었다. 반면 옆에서 따라오는 브리타니는 괴로운 안색이었다.

그녀의 뒤로는 총 열두 명에 달하는 기사들이 그녀를 따르고 있었다. 그들은 처음 보는 은초록 빛깔의 풀 플레이트 아머 세트를 입고 있었다. 또 그 눈빛에 담긴 이채를 보니, 무림의 고수들에 절대 뒤지지 않아 보였다. 라마에시스의 정예 중에서도 정예인 듯싶었다.

그뿐만 아니라 고급 재질로 만든 옷을 입고 있는 마법사들과 풀 플레이트 아머 세트를 착용한 기사들이 주변에 있었다. 총 오백여 명이 넘는 듯했는데, 이 또한 라마에시스의 국력을 몸소 보여 주는 듯했다.

운정이 그녀에게 말했다.

"제가 말씀드린 건 어떻게 되었습니까?"

미에느는 방긋 웃었다.

"먼 거리를 이동해서 어지러우실 텐데 바로 본론이라니요. 저쪽 군막에서 조금 쉬시지요."

운정은 다시 말했다.

"언제쯤 만나 볼 수 있는지 알려 주십시오."

미에느는 하는 수 없다는 듯 대답했다.

"오늘 해가 지고 난 뒤에요. 다들 괜찮아지시면 식사라도 같이하시지요. 그럼 따라오시지요."

그녀는 그렇게 말한 뒤 몸을 돌려 저 멀리 있는 군막을 향해 걸어갔다.

*   *   *

운정을 포함한 7인은 따로 군막을 썼다.

미에느는 토레이와 크반의 대표들을 불러 운정과 인사시켜 주었다. 그들은 기사보다는 관료로 보였는데, 이번 전쟁을 이끄는 장군들인 듯싶었다. 운정이 이곳에 온 목적을 이미 아는지, 미티어 스트라이크에 관해서 잘 해결해 달라고 말하면서 대화를 끝마쳤다.

그들이 나가자, 미에느가 말했다.

"각국의 대장군들이세요. 각 왕국의 군부의 총책임자이시지요. 나라 밖으로 잘 나오시지 않으시는 분인데, 제국의 수도를 상대하시는 만큼 직접 나오신 듯해요."

"국가의 중대한 일이니 나오지 않을 수 없었을 겁니다."

"그보다는 역사에 이름 한 줄 남기고 싶어서겠지요."

그녀는 운정의 맞은편에 털썩 주저앉았다.

운정은 나지막하게 물었다.

"더 하실 말씀이 있으십니까?"

미에느는 방긋 웃더니 말했다.

"운정 도사님, 전 거의 평생 동안 긴장이라는 것을 모르고 살았어요. 어릴 적 어머니의 손길에 이끌려 군중들 앞에 섰을 때도 아무렇지도 않았죠. 다른 나라의 왕들을 뵐 때도 마찬가지였어요. 다들 절 보면서 긴장하지 말라고 하는데, 그게 뭔 질 알아야지 말이에요, 호호호."

"……."

그녀는 양손을 살짝 앞으로 뻗으며 번갈아 보았다.

"하지만 지금은요, 좀 알 것 같아요. 양손이 파르르 떨리면서 심장이 진정하지 못하고, 머리는 핑 돌 것 같고. 아무리 많은 사람 앞에서도 또 아무리 위대한 사람 앞에서도 절대로 긴장하지 않던 제가 이토록 긴장하는 이유를 아세요?"

"아니요."

그녀는 주먹을 몇 번 쥐었다 폈다.

"이번 일로 인해서 역사가 바뀔 것이기 때문이에요. 제가 생각한 대로 결과가 이뤄지면, 천 년을 영위했던 제국은 더 이상 세상에 존재하지 않게 될 겁니다. 그러면 제국의 공작들과 후작들은 자신들의 영지를 국토로 삼아 왕국으로 선포할 것이고, 천년제국의 역사는 여기서 끝이 날 거예요."

"이 일을 오랫동안 계획하셨군요."

"네, 운정 도사 덕분에 훨씬 빨라졌지요."

운정은 자신의 팔을 내려다보는 미에느를 지그시 바라보았다.

그러곤 나지막하게 말했다.

“신무당파는 모든 생명의 공존을 추구합니다. 이를 위해서 이 세상의 질서를 잡아 갈 생각입니다. 제국이 멸망한 후의 세상을 이끌어 나가실 때에 이를 명심하셨으면 합니다.”

미에느는 이미 알고 있었다는 듯 조곤조곤 물었다.

“너무 허황된 생각 아닙니까?”

“이미 현실적인 문제들을 많이 마주했었습니다. 때문에 이상적으로만 행동할 수 없다는 것도 충분히 인지하고 있습니다. 때로는 죽이기도 해야 하고 때로는 파괴해야 하기도 한다는 것을 배웠지요.”

미에느는 잠시 고민하더니 다시 물었다.

“테라 학파의 마스터 데란을 죽였다고 들었습니다만, 그 또한 공존을 위함입니까?”

운정은 천천히 설명했다.

“정확히 말하자면, 그는 신무당파와 척을 졌었습니다. 이에 전 몇 번이고 손을 내밀어 그를 용서했지만, 그는 꾸준히 척을 지기를 선택했습니다. 마지막에는 결국 절 죽이려 했기에, 그를 죽였습니다. 그가 공존을 해친 행동을 하긴 했지만, 솔직히 말씀드리자면 그가 죽은 건 공존과는 크게 상관이 없었지요.”

미에느는 숨을 깊게 마시더니 내뱉으며 말했다.

“흐음, 물론 살아남지 못한다면, 목적을 이룰 수 없는 건 맞습니다. 다만 목적과 생존이 상충된다면, 신무당파는 어찌 행동할 것입니까?"

운정은 고개를 갸웃했다.

"예?"

미에느는 눈을 위로 올려 생각을 정리하곤 말했다.

"그러니까, 누군가가 그 '공존'을 위해서 신무당파가 없어져야 한다고 믿고, 신무당파를 멸망시키려 한다면… 그럼 신무당파는 어떻게 할 것입니까? 스스로를 방어해야 합니까? 아니면 목적을 위해서 멸망당해 줘야 합니까?"

그것은 운정이 지금까지 단 한 번도 생각해 본 일이 없는 문제였다. 공존 그 자체에 대한 물음과 질문을 떠올리며 정립하려 했지만, 그보다 더 근본적인, 그 질문에 대해선 상상조차 못 한 것이다.

운정이 입을 살짝 벌리곤 대답을 못 하고 있는데, 한 기사가 군막 안으로 들어왔다.

"공주님, 사람이 찾아왔습니다."

미에느가 그 기사에게 대답했다.

"이쪽으로 들여보내라."

기사는 곧 사람을 데리러 갔고, 미에느는 운정을 돌아보았다.

운정은 그때까지도 마땅한 대답이 없는지 바닥을 바라보며 가만히 있었다.

미에느가 말했다.

"중요한 일을 앞두고 마음을 어지럽혔습니다. 죄송합니다, 운정 도사님."

운정은 두 눈을 들어 그녀를 보곤 말했다.

"아닙니다. 중요한 문제를 짚어 주셨습니다. 마땅히 생각해 봐야 할 문제로군요. 하지만 고민은 이 일이 끝난 뒤로 미루겠습니다. 다음에 더 이야기하시지요."

그때 기사가 군막의 문을 열었다.

그리고 한 남자가 그 안으로 들어왔다.

막크였다.

"안녕하십니까, 미에느 공주님, 그리고 운정 도사님. 전 크막이라 합니다. 황제께서 보내서서 왔습니다."

운정이 입을 살짝 벌리고 아무 말도 못 하는데, 미에느가 자리에서 일어나 치마를 살짝 들고 고개를 숙이며 말했다.

"안녕하십니까, 크막 경. 혹 황제의 증표를 가지고 계신지요."

"물론이지요."

막크는 살짝 웃어 보이면서 품속에서 무언가 꺼냈다. 태양의 중심에 사자 얼굴이 있는 황금 브로치였다. 미에느는 그것을 슬쩍 받아보더니, 다시 그에게 돌려주며 말했다.

"확실하시군요. 여긴 크막 경께서 이끄실 운정 도사님이십니다."

막크는 더욱 진하게 웃으며 운정에게 말했다.

"안녕하십니까, 운정 도사님. 또 뵙는군요."

운정은 그를 지그시 바라보며 말했다.

"황제와도 연이 닿아 계실 줄은 몰랐습니다."

막크는 고개를 숙이며 말했다.

"어둠의 마법사들과 연이 닿는다면, 결국은 저와도 연이 닿게 되지요. 운정 도사 본인 또한 그렇지 않았습니까?"

확실히 그렇다.

그들을 유심히 보던 미에느가 말했다.

"두 분께선 구면인 듯합니다?"

운정은 고개를 끄덕였다.

"여러 일이 있었습니다. 불편한 관계는 아니니 심려치 않으셔도 됩니다."

"그런가요?"

미에느는 막크를 보며 물었지만, 막크는 그녀를 보지 않았다.

그는 운정에게 말했다.

"그럼 저와 함께 가시지요. 집정관 안까지 안내해 드리겠습니다."

막크는 입구 쪽으로 양손을 뻗으며 그렇게 말했다.

운정은 자리에서 일어나며 담담하게 말했다.

"일행이 있습니다."

"오? 그럼 같이 가실까요?"

운정은 막크의 질문을 무시하곤 미에느를 쳐다보며 말했다.

"혹 가서 제 일행을 불러 주실 수 있겠습니까? 잠시 이분과 대화를 나누고 싶습니다."

자리를 비켜 달라는 노골적인 말이다.

미에느는 의심스러운 눈초리로 운정을 보다가 곧 짧게 말했다.

"알겠습니다."

그녀는 군막 밖으로 나갔다.

운정은 입술을 살짝 달싹였다.

[위스퍼(Whisper).]

게다가 몸 안에 내력을 운용해 방음막까지 펼쳐, 외부에선 어떠한 소리도 들을 수 없게끔 만들었다.

마법사인 막크가 이를 모를 리 없었다.

"제게 긴히 하고 싶으신 말이 있으신가 보군요, 운정 도사님?"

운정이 말했다.

"위험한 도박이십니다."

"무엇이요?"

"마스터 막크께서 하필 그날 그때에 절 찾아오신 이유는 제 옆에 여동생이 있었기 때문 아닙니까? 여동생이 옆에 있을 때는 적어도 제가 살생하지 않으리라 판단하셨지요."

막크는 미에느가 앉았던 곳에 몸을 던지듯 앉으며 말했다.

"뭐, 그 이유만 있던 건 아니지만, 그렇기도 합니다."

"지금은 보시다시피, 없습니다."

아무런 감정이 섞이지 않은 목소리.

그러나 막크는 자기도 모르게 마른침을 삼켰다.

그는 곧 여유롭다는 듯 어깨를 들썩였다.

"하지만 연합군이 있지 않습니까? 미에느 공주도 있고. 또한 전 황제가 보낸 사람입니다. 제가 길잡이를 해 주지 않는다면, 미티어 스트라이크 관련 시설에 도착할 수 없을 겁니다."

"당신을 신용할 수 없으니, 제가 스스로 찾아내는 것이 더 좋을 수도 있습니다."

"아니지요. 그게 제 생명 줄인데 제가 감히 운정 도사님을 이상한 곳으로 인도하겠습니까?"

"그곳에 도착하고 나면, 그 이후에는 내가 당신을 살려 두리라고 생각하십니까?"

"그래서 지금 약속해 주셔야지요. 절 죽이지 않으시겠다고. 그래야만 인도할 겁니다."

"……."

막크는 몸을 운정 쪽으로 확 기울이더니 음흉하게 말했다.

"타노스 자작과 연락이 되었습니다만, 그는 연구실에 틀어박혀 누구도 만날 생각이 없는 듯합니다. 그러니 그를 만나시려거든 집정관 내로 들어가서 그를 직접 봐야 합니다, 운정 도사님."

"……."

"따라서 지금은 절 믿으셔야 할 겁니다."

서로의 솜털까지 셀 수 있을 정도로 가까운 거리에서 막크의 웃음이 더욱더 진해졌다.

운정은 나지막하게 말했다.

"제 질문에 한 치의 거짓 없이 대답한다면, 그렇게 하지요."

막크는 원래 자세로 돌아오더니, 양손으로 팔걸이를 탁 하고 치며 말했다.

"좋습니다. 물어보시지요!"

운정은 조금도 달라지지 않은 표정으로 말했다.

"황제는 어떻게 알게 되었습니까?"

막크는 고개를 저었다.

"모릅니다. 다만 황제의 측근을 제가 알지요. 황제는 측근에게 미에느 공주에게 보낼 사람을 찾아보라고 명령했는데, 제가 마침 적합하여 이리로 오게 되었습니다."

"그 측근이란 분이 누굽니까?"

"롬에서 활동하는 어둠의 마법사들 중 가장 영향력이 뛰어나신 분입니다. 제가 형님으로 섬기고 있지요."

"당신은 미티어 스트라이크 시설 내부까지 어떻게 저희를 인도할 수 있습니까? 어떤 경로로 길을 아시게 되었습니까?"

"빛에 속한 마법사 중에서도 은근히 어둠에 한 발 걸치고 있는 분들 많습니다. 미티어 스트라이크 같은 거대 시설은 수많은 마법사들이 일하지요. 그중에 어둠의 마법사가 없으리라 생각하십니까? 모든 사왕국에도 한두 명씩은 모두 있습니다."

"……."

막크는 다리를 꼬더니 말했다.

"방금 전에 운정 도사와 운정 도사님의 일행을 NSMC를 통해 델라이에서 롬으로 공간이동시킬 때에도 델라이의 마법사들이 동원되었지요? 그중에서도 섞여 있습니다. 그래서 전 당신이 롬에 도착했다는 사실을 이미 알고 있었지요."

"……."

"그리고 과연… 신무당파에는 없을까요?"

운정은 옅은 미소를 지었다.

“꽤 괜찮은 이간질이셨습니다. 아쉽게도 통하지 않았습니다만. 좋은 정보를 얻었습니다. 어둠의 마법사들의 세계는 깊고 또 넓군요. 조만간 알테시스를 통해서 평정하도록 하지요.”

“…….”

“일단 약속은 해드리겠습니다, 마스터 막크. 저와 제 일행을 미티어 스트라이크 시설까지 바르게 인도하고 또 타노스 자작을 만나게 해 주신다면, 전 당신을 용서하고 죽이지 않겠습니다.”

막크가 재빨리 말을 덧붙였다.

“그리고 현상금도요. 최선을 다해 주신다는 약속 하나면 됩니다만?”

운정은 대답하지 않고 미소를 지었다.

그런데 그때 군막이 열리고 한 기사가 말했다.

“모두 모였습니다.”

운정과 막크는 이내 자리에서 일어나 밖으로 나갔다.

그들은 미에느와 짧게 인사를 나눈 뒤에, 연합군의 진영을 벗어났다.

운정은 그가 막크인 것을 모두에게 공개할까도 했지만, 일단 그 사실을 숨겼다. 괜한 분란을 낳고 싶지 않았기 때문이었다. 막크 또한 자기가 막크인 것을 말하지 않았다.

한참 걸어가자, 운정이 전음으로 말했다.

[저자는 신용할 수 없습니다. 그러니, 슬롯 경. 슬롯 경이 그가 인도하는 길을 유심히 살펴 주십시오. 수석 마법사님도 부탁드리겠습니다. 행여나 이상한 점이 있다면 즉각 알려 주십시오.]

알비온과 슬롯은 운정을 보곤 고개를 끄덕였다.

그들은 막크의 인도 아래 롬을 둘러싸고 있는 성벽 한쪽으로 갔다.

第一百十章

달빛과 별빛 아래 막크는 성벽을 손으로 짚으며 말했다.

"보시다시피 이 앞에서부턴 노마나존이 펼쳐져 있어 어떠한 마법도 쓸 수 없습니다. 멜라시움도 베어 버리는 그 중원의 기술도 마찬가지로."

막크가 진중한 목소리로 경고하곤 성벽 위를 바라보았다. 그러자 성벽 중간쯤에서 사람의 손이 튀어나와 성벽 돌을 하나 둘씩 제거했다. 사람이 들어갈 수 있을 만큼 작은 구멍이 만들어지자, 그곳에서부터 줄로 만들어진 사다리 하나가 던져졌다.

"무게 제한 때문에 중갑옷들을 입으신 분들은 벗어 주어야겠습니다."

그 말에 하냐, 미사, 벤느고의 표정이 크게 굳었다.

그들이 갈등하고 있는데, 운정이 그들에게 말했다.

"갑옷이 없으면 마음이 불안한 것을 잘 안다. 하지만 너희는 신무당파의 무공을 익혔다. 무공은 본래 갑옷을 입지 않은 채로 펼치는 것이니, 이번 기회에 떨쳐 버림이 어떠하냐?"

그 셋은 서로를 보다가 결심하곤 풀 플레이트 아머를 벗었다.

"그럼 내가 먼저 올라가겠습니다."

운정은 사다리를 타고 천천히 올라갔다. 언제든 영령혈검을 출수할 수 있도록 조금도 절대로 긴장을 늦추지 않았다.

그 끝에 도달하자, 어두컴컴한 동굴 같은 곳이 나왔다. 그나마 밤을 밝혀 주는 달빛과 별빛조차 성벽 안으로는 거의 들지 않아, 안쪽의 시야가 전혀 보이지 않았다.

운정은 눈에 내력을 넣어 그 앞을 보았는데, 그곳엔 여섯에서 여덟 살 정도로 보이는 소년 소녀 노예들 다섯 명 정도가 고개를 숙인 채 가만히 있었다.

그 안으로 들어가자 양옆으로 좁고 긴 복도가 나왔다. 그 끝이 보이질 않고 안쪽으로 말려 있는 것을 보니, 성벽 중간쯤 높이에서 전체를 빙 둘러져 있는 복도 같았다.

그리고 한쪽에는 두꺼운 천으로 뒤덮인 물건들이 보였는데, 그 윤곽을 보니 활과 화살 그리고 화포 등으로 보였다.

일행이 하나둘씩 도착했다.

"마, 마스터 거기 계십니까?"

"여기 있다. 안전하니 조금만 안으로 들어오너라. 어둠이 눈에 익으면 벽과 바닥 정도는 구분할 수 있을 것이다."

"예, 마스터."

그렇게 모두 안으로 들어왔다.

막크는 오른쪽으로 앞서 걸어가며 말했다.

"빛을 냈다간 밖에서 보일 수 있어 어렵습니다. 그러니 다들 제 발소리를 듣고 따라와 주시길 바랍니다."

이에 운정이 일행들을 보며 말했다.

"내가 가장 앞장서고, 슬롯, 알비온 수석 마법사님, 이후 하냐, 미사, 벤느고가 뒤를 잇는다. 그리고 맨 뒤에서 로튼이 봐주어라."

"예, 마스터."

모두들 그가 말한 대로 일렬로 걸어가기 시작했다.

노예들은 말없이 왼쪽으로 사라졌다.

좁은 복도는 세 사람이 겨우 나란히 걸을 정도였다.

그렇게 얼마나 걸었을까? 성벽 안쪽 방향으로 이어진 작은 복도가 하나 나왔다. 그 끝에는 아래로 내려가는 계단과 위로 올라가는 계단이 있었는데, 막크는 말없이 위로 올라가는 계단 쪽으로 갔다.

모두들 발소리를 내지 않기 위해서 조심하며 그를 따랐다.

그렇게 계속해서 올라갈 것 같았던, 막크는 계단 중간에 서더니 전과 마찬가지로 벽을 이루는 벽돌을 하나하나씩 빼기 시작했다. 누군가 미리 손을 써놓은 듯, 술술 구멍이 만들어졌다.

역시 사람 하나가 겨우 웅크리고 지나갈 크기가 되자, 그 구멍을 통해서 롬의 전경이 보였다.

롬은 전체적으로 밝은 듯했다. 그리고 사람의 소리가 가득했다. 중원의 낙양처럼 가히 불야성이라 불러도 좋을 정도였는데, 그 이유는 조금 달랐다.

낙양의 불은 아름답기 그지없는 각양각색의 빛으로 찬란했지만, 롬의 불은 잔혹하게 타오르며 모든 것을 집어삼키고 있었다. 낙양의 소리는 사람간의 수많은 관계 속에서 터져 나오는 다양한 감정을 노래했지만, 롬의 소리는 오로지 죽음을 벗어나고자 하는 그 원초적인 본능만이 맹렬히 울리고 있었다.

불과 비명.

그것만이 가득했다.

"저쪽을 보십시오. 조금 아래요."

막크가 손을 뻗어 아래를 가리켰다. 그곳에는 롬 외부로부터 내부까지 쭉 이어져 있는 얇고 긴 다리가 있었다. 아치형의 기둥이 네 번이나 중복으로 쌓일 정도로 높은 위치에서 롬을 관

통하고 있는 그 다리는 사람이 지나다니는 다리가 아니었다.

수로였다.

수로 위로 지붕이 있었다. 그리고 지붕과 수로 사이 양옆 틈으로 수증기가 빠져나오고 있었다. 물의 온도가 꽤나 높은 것이다.

운정이 말했다.

"저 수로 지붕 위로 걸어가라는 것입니까?"

막크가 말했다.

"기어가야겠지요. 아무리 수증기로 가려진다 해도, 여덟 명이서 걸어가면 금세 걸리고 말 겁니다."

"……."

"본래 사람의 무게를 견디도록 설계된 것이 아니라서 자칫 잘못하면 무너져 내릴 겁니다. 그러니 되도록 지붕 자체보다는 가장자리에 무게를 실으십시오."

막크는 양손으로 구멍의 가장자리를 잡고는 몸을 앞뒤로 흔들어 반동을 받더니, 수로 위로 훌쩍 뛰었다.

탁.

수로의 폭이 생각보다 얇은지, 두 발을 나란히 두는 것만으로도 꽉 찼다. 그는 얼른 엎어지며 손과 발을 수로의 가장자리에 두고 몸을 지탱했다.

막크는 운정 쪽을 바라보며 말했다.

"수증기가 나오는 틈을 막지 않도록 옷을 신경 써서 안쪽으로 잡아매십시오. 옷깃이 수증기를 막아 버리면 오히려 눈에 띌 겁니다."

그렇게 말한 그는 앞으로 조금 기어갔다.

"……."

"……."

조금만 삐끗하면 10미터 땅바닥에 곤두박질이다.

운정은 슬롯을 등 뒤에 업기로 했다. 훌쩍 뛰어 쉽게 수로 위에 안착한 그는, 막크와 마찬가지로 앞쪽으로 조금 기어갔다.

다음 차례인 알비온은 몇 번이고 망설이다가 몸을 던졌다. 다행히 수로에 착지했지만, 몸에 걸린 반동을 이기지 못하고, 몸이 기우뚱했다. 운정은 얼른 손을 뻗어서, 그의 몸을 붙잡아 주었고, 때문에 알비온은 다행히 균형을 되찾을 수 있었다.

"가, 감사합니다."

이후 네 명은 크게 문제없이 따라올 수 있었다. 파인랜드 최고의 기사들답게 민첩했다.

그들은 수로 지붕 위를 기어서 서서히 도시 안으로 들어갔다.

그러자 롬의 상황이 더욱 더 실감나게 보이기 시작했다.

모든 건물 중 반 이상은 불에 휩싸여 있었고 나머지 반은 이미 잿더미가 되었다. 거리는 수없이 많은 사람들의 시신이

쓰레기처럼 널려 있었고, 그 사이사이에서 두 부류의 기사들이 시가전을 치르고 있었다.

한쪽은 제국의 문양이 돋보이는 망토와 절대 뚫리지 않을 것 같은 중무장한 갑옷을 입었다. 수도를 꽉 채운 듯한 그들은 모두 아다만티움 풀 플레이트 세트를 기본으로 착용하고 있었는데, 개중에는 멜라시움으로 보이는 기사단장들도 더러 있었다.

그리고 다른 한쪽은 갑옷을 입기는커녕 상반신을 훤히 드러낸 채로 오로지 무기만 들고 있었다. 그들의 두 눈에는 마기가 서려 있어 사람이 낼 수 없는 괴력을 냈는데, 악마화 마법이 걸려 있는 듯했다. 그뿐만 아니라, 종종 보이는 기사단장들은 실제로 육신에 내력을 담아 적을 공격했다.

전에 머혼은 황제에게 무공을 진상하겠다고 약조했었다. 황제는 혈마석을 노예 기사단에게 부여한 것 같았다.

단단한 갑옷과 초인적인 괴력. 이 둘 중 우세한 것은 후자였다. 곳곳에서 일어나는 싸움의 양상을 보니, 노예 기사 하나가 집정관 기사 셋을 상대하는 듯했다. 다만 마법의 도움을 일절 받을 수 없고 또 시야가 좁은 골목과 거리에서 빈번히 전투가 일어나다 보니, 그 안에서 싸우고 있는 기사들 입장에선 상황이 어찌 돌아가는지 알 턱이 없었다.

그들은 그저 적이 나오면 싸우고 이기면 쉬다가, 또 보이면 가서 싸우고를 반복했다.

완전한 무법 지대가 된 거대 도시 롬은 그 자체로 이미 지옥이었다.

이 악몽과도 같은 전쟁은 집정관과 노예 기사, 둘 중 하나가 사라져야 끝나겠지만, 그 끝은 묘연해 보였다.

운정은 당장에라도 뛰어 내려가고 싶었다. 그리고 이 전쟁을 막아서고 싶었다.

"이 전쟁보다 더 참혹한 일이 무엇인지 아십니까?"

운정이 앞을 보니, 막크가 고개를 살짝 뒤로 돌리고 운정을 보고 있었다.

"무엇입니까?"

막크는 씨익 웃으며 말했다.

"수세에 몰린 집정관의 귀족들이 미티어 스트라이크를 롬에 써버리곤 유유히 롬에서 빠져나가는 겁니다. 그게 아니라면 노예 기사들이 미티어 스크라이크를 손에 넣고 파인랜드 전체를 상대로 불장난을 하는 것이지요."

운정은 감정을 다스리며 말했다.

"알고 있습니다. 그러니 좀 더 속도를 내시지요."

막크는 더 말하려고 했지만, 말을 삼키곤 다시 수도 위를 기어가기 시작했다.

얼마나 지났을까?

그들은 롬 안에 또 다른 성벽이 쳐진 어떤 곳으로 들어가기 시작했다. 다행히 그 성벽은 수도보다 낮아서, 수도는 그 안으로 쭉 이어지고 있었다.

막크가 낮게 읊조렸다.

"집정관입니다."

집정관은 과연 성안의 또 다른 성 같았다. 내성 안에는 거대하고 웅장한 건물들이 수시로 보였고 수많은 기사들이 그 안을 바삐 돌아다니고 있었다.

내성 밖으로는 이곳저곳 수많은 노예 기사들의 시체가 보였다. 그리고 지금도 사방에서 노예 기사들과 집정관 기사들이 사투를 벌이고 있었다. 그러나 철옹성과 같은 집정관 안으로 발을 디딘 노예 기사들은 없는 듯 보였다.

막크는 나지막하게 말을 이었다.

"지금부턴 더욱 더 조심해야 합니다. 속도를 늦추고 최대한 은밀히 이동하도록 하겠습니다."

그는 그렇게 말한 뒤 전보다 훨씬 느린 속도로 기어가기 시작했다. 운정은 뒤로 말을 전한 뒤에, 그처럼 느리게 그리고 천천히 따라가기 시작했다. 때문에 집정관 밖에서 기어간 시간보다 그 안에서 기어간 시간이 더욱 길었다.

그들은 수로가 끝나는 한 6층 높이의 건물에 도착했다. 그곳은 물을 모아 두는 거대한 수조였다. 막크는 지체 없이 그물 안으로 뛰어들었고, 이에 운정은 등 뒤에 업은 슬롯에게 말했다.

“꽉 붙드십시오. 그리고 호흡을 잠시 참으시길 바랍니다.”

운정도 그를 따라서 뛰었다.

풍덩.

물은 그렇게까지 차갑지 않았다. 화산에서부터 온 온수로 채워지기 때문이다.

운정은 눈을 뜨고 앞에서 수영하는 막크를 따라갔다. 그가 수면 위로 올라가자 마찬가지로 올라갔다.

“꺄악!”

높은 음조의 비명.

운정이 주변을 둘러보니, 한쪽에서 한 하녀가 크게 놀랐는지 엉덩방아를 찧었다. 운정은 빠르게 내력을 돌려 수면을 차면서 그녀에게 다가가 수혈을 짚었다.

그녀는 곧 눈을 뒤집으며 뒤로 넘어갔다.

수면 위로 고개를 내민 모든 이들은 굳은 표정으로 가만히 있었다. 행여나 비명을 들은 누군가가 찾아올까 긴장한 것이다. 하지만 시간이 지나도 아무 소리도 들리지 않자, 하나둘씩 수조 밖으로 나왔다.

다들 젖은 옷을 벗어 물을 짜는데, 알비온은 대자로 몸을 뻗고는 숨을 헐떡이기만 했다. 사실 그가 이곳까지 잘 따라온 것은 체력과 근력이 받쳐 줬기 때문이 아니라, 수로에서 떨어지면 죽는다는 공포 때문이었다. 마음이 한결 편해진 지금에서야 온갖 피로가 쏟아지고 있었다.

운정은 슬롯을 옆에 내려 주고는 그에게 다가갔다. 그는 힘겹게 눈꺼풀을 들고는 운정을 보았다.

"타, 타이지 백작. 더 이상 저, 저는……."

운정은 말없이 그의 단전에 손을 얹었다. 그러곤 내력을 불어넣었다. 순수하기 짝이 없는 선기가 몸속을 돌자, 알비온은 오랫동안 느끼지 못했던 활력을 몸소 체험했다.

"이, 이건?"

운정은 그에게 살짝 웃어 보이곤 막크를 돌아봤다.

"길 안내를 부탁드립니다."

막크는 젖은 신발을 다시 신으면서 말했다.

"일단 어디로 먼저 갈지 정해야 합니다. 전 개인적으로 타노스 자작을 먼저 만나 보시는 걸 추천드립니다. 미티어 스트라이크에 이상이 생기는 순간부터는 빠져나가기 급급할 테니까요."

"좋습니다."

이후 막크는 자리에서 일어나 앞장서기 시작했다.

수조를 빠져나온 그들은 어둠을 틈타 은밀히 움직였는데, 의외로 안쪽에는 기사들이 전혀 없어 쉽게 나아갈 수 있었다.

그렇게 그들은 한 단층 건물 안에 멈췄다.

창문 안에선 불빛이 나오고 있었는데, 그 안엔 타노스 자작이 구석에 앉아 무언가에 열중하고 있었다.

퀭한 눈과 대조적으로 그 눈빛은 불타는 듯했다.

얼굴은 앙상하여 가죽이 겨우 뼈 위에 들러붙은 듯 보였다.

호흡 한 번, 한 번이 힘에 겨운지 거칠기 그지없었고, 양손이 매가리 없이 파르르 떨렸다.

하지만 놀랍게도 그런 손으로 무언가를 세밀하게 조작하고 있었다.

막크가 문 쪽으로 가다가려는데, 운정이 그에게 말했다.

"미티어 스트라이크 쪽으로 갑시다."

"예?"

"미티어 스트라이크 관련 시설로 갑시다. 그와는 나중에 대화해도 되니까."

막크는 당황한 표정으로 운정을 봤다. 운정은 일절 감정이 섞이지 않은 표정으로 그를 마주 보았다.

그는 이내 떨떠름한 표정으로 말했다.

"아, 알겠습니다. 그, 그럼 그쪽으로 가지요."

막크는 길을 틀어서 다른 쪽으로 향하기 시작했고, 모든 이들은 그를 따라가기 시작했다.

운정은 자신의 뒤에 있는 슬롯과 알비온에게 전음했다.

[지금 이건 중원의 기술로 메시지 마법과 비슷한 것입니다. 그러니 내색하지 말고 조용히 걸으며 들으십시오.]

"……."

"……."

슬롯과 알비온은 동시에 고개를 퍼뜩 들고 운정을 보았다가 이내 다시 고개를 숙이고 똑같이 걸음을 옮겼다.

[노예 기사들에겐 악마화 주문이 걸려 있는 듯했습니다. 그리고 그들을 이끄는 캡틴들에게는 마공의 기운을 느꼈습니다. 제 생각에는 머혼 백작이 황제에게 혈마석과 마공을 일부를 준 것이 아닌가 합니다만, 맞습니까? 맞다면, 숨을 한 번 깊게 쉬세요.]

"……."

슬롯은 심호흡하듯 숨을 깊게 들이마셨다.

운정은 이번엔 알비온에게 말했다.

[전에 보았을 땐, 분명 어둠의 마법사가 그들에게 악마화 주문을 걸었습니다. 그렇다면 현재 노예 기사들에게 악마화 주문을 건 것도 어둠의 마법사들이 아닌가 합니다. 맞습니까, 알비온 수석 마법사님?]

"……."

이번엔 알비온이 숨을 깊게 마셨다.

[혹 다른 마법사들도 악마화 주문을 알고 있지는 않은지요?]

"……"

알비온은 조용히 걸음을 옮길 뿐이었다.

운정이 다시 말했다.

[슬롯 경, 집정관 내부를 활보하고 있는데도 기사들이 보이지 않습니다. 마치 텅텅 빈 것처럼 말입니다. 아마도 밖에서 노예 기사들이 공격하기 때문에 방어하기 위해서 모두 자리를 비운 것으로 예상됩니다만, 그런 것 치고도 너무 없지는 않습니까? 어떻습니까? 이 상황이 정상이라면 심호흡을 해 주십시오.]

슬롯은 고개를 이리저리 돌리며 주변 상황을 보았다.

그러다가 곧 한 건물이 그의 눈에 띄었다. 동시에 그의 기색이 조금 변했다. 이를 눈치챈 운정이 전음했다.

[막크에겐 들리지 않게, 아주 작게 읊조려 보세요. 제겐 들립니다.]

슬롯은 운정이 어떤 특수한 무공을 펼친다고 생각하고 자기만 들릴 정도로 작게 읊조렸다.

"아무리 전시라고 할지라도, 무기고를 지키는 인원까지 빼진 않습니다. 이미 적이 안으로 들어와 있다면 모를까, 아까 보았던 것처럼 잘 막아 내고 있는 상황에서, 무기고를 지키는 인원까지 동원하지는 않을 겁니다."

[흐음.]

슬롯은 고개를 들어 이 건물 저 건물을 돌아봤다. 그러곤 나지막하게 말을 이었다.

"또한 왼쪽으로 보이는 건물 중 가장 높은 건물 보이십니까? 그곳은 이 주변 일대가 전부 한눈에 보일 테니, 초병을 배치하기 딱 좋습니다. 그리고 그곳에선 지금 필히 저희가 보일 겁니다. 하지만 아무 일이 없는 것을 보면, 전부 없는 듯합니다."

[그렇군요.]

"집정관이 가진 기사단의 전체 규모를 생각했을 때, 지금까지 눈에 보인 건 대략 20%에도 지나지 않습니다. 마치 어딘가 파병을 나간 것처럼 필수 인원들이 전부 빠지고, 남은 인원들로만 수성을 하는 느낌입니다."

운정은 고개를 한 번 살짝 끄덕여 준 뒤 더 말하지 않고 막크를 따랐다. 그렇게 또 얼마나 걸었을까?

그들은 문도 창문도 없는 거대한 정사각형 건물 앞에 섰다. 그 겉 표면이 온통 검은색이라, 윤곽만이 간신히 보일 정도였다.

그런데 막크가 갑자기 바닥에 앉더니, 땅을 더듬었다. 그러곤 무언가를 찾아 잡아당겼다. 그러자 그 건물에 한쪽이 문 모양으로 툭 튀어나왔다.

"저쪽입니다."

막크는 그 안으로 쏙 들어갔다.

다들 그를 따라 들어가려는데, 운정이 뒤돌아 그들에게 말했다.

"이 안으로는 나와 알비온 수석 마법사님이 들어갈 것이다. 너희들은 대기하다, 적당한 시기를 봐서 타노스 자작의 일을 부탁한다."

그 말을 듣곤 다들 의문 어린 시선으로 운정을 보았다.

가장 뒤에 있던 로튼이 말했다.

"사실 저도 뭔가 이상하긴 했습니다. 일이 너무 술술 풀려서. 이 안에 함정이 있으리라 생각하십니까?"

"있다면, 그렇겠지. 타노스 자작이 너무 완강하다면 포기해도 좋다. 신무당파에 있어서는 너희가 사는 것이 먼저니까."

"……"

운정은 알비온을 돌아보았다. 알비온은 함정일지도 모르는 곳에 들어가야 한다는 사실에 얼굴이 핼쑥하게 변해 있었다.

운정은 부드럽게 말했다.

"너무 큰 걱정 마십시오. 제 목숨보다 알비온 수석 마법사님의 목숨을 우선으로 둘 것입니다."

알비온은 갈등하다가 침을 한 번 꼴깍 삼키고는 말했다.

"아, 아닙니다. 좋습니다. 목숨이 위험하리라고는 진작 알았지요. 괜찮습니다, 타이지 백작."

운정은 포근한 미소를 짓고 그에 어깨에 손을 한 번 얹고는 막크가 들어간 입구로 먼저 들어갔다. 이후 알비온도 그를 따라 안으로 들어갔다.

슬롯은 뒤를 돌아보며 말했다.

"오면서 봐 둔 곳이 있습니다. 일단 그곳에서 몸을 숨기도록 하지요."

그렇게 말한 그는 몸을 돌려 걸어갔다.

하냐, 미사, 벤느고는 서로 눈치를 보며 슬롯을 따라가지 못하고 있었는데, 로튼이 그들에게 말했다.

"마스터도 나도 그를 믿는다."

로튼이 앞장서자 그 셋도 이내 따라 나섰다.

*　　　*　　　*

막크는 건물 안 한쪽 벽에 몸을 기대고 있다가 운정과 알비온이 안으로 들어오는 것을 보곤 툭하니 말했다.

"다른 이들은 어디 있습니까?"

운정이 말했다.

"일을 맡겼습니다."

"예?"

"이대로 진행하시면 됩니다."

막크는 어이없다는 표정을 지었다.

"그게 무슨 말입니까? 행여나 발각이 되면 어쩌려고요?"

"지금까지 별일 없었으니, 앞으로도 별일 없을 겁니다. 게다가 내부를 지키는 기사들이 일절 보이지 않더군요. 그러니 심려 놓으십시오."

막크가 고개를 절래 흔들었다.

"그야 제가 그렇게 되도록 미리 손을 써 놓았으니까 그런 것이지요. 제 인도 없이 마음대로 활보하다가는 10분도 안 돼서 발각되고 말 겁니다. 그러면 저도 생명이 위험합니다."

운정이 찬찬히 그를 보았다. 막크의 말은 진심이었다.

운정이 말했다.

"슬롯 경이 있으니 그럴 일은 없을 겁니다."

막크의 두 눈이 반쯤 감겼다.

"그는 본래 머혼의 사람입니다. 그가 앙금을 품고 복수하려 할지 어떻게 아십니까?"

"그렇게 따지자면 마스터 막크께서도 머혼의 사람이지요."

그 말에 알비온의 두 눈이 크게 떠졌다.

"막크? 마, 마스터 막크?"

막크는 한숨을 쉬더니 말했다.

"운정 도사님, 아주 태평하시군요. 그렇게 마음대로 행동하시면 제가 지금까지 노력한 게 뭐가 됩니까?"

"당신이 아니었어도, 혼자라도 이곳에 왔을 겁니다. 엄밀히 말해 제가 당신이 필요했던 이유는 미티어 스크라이크 관련 시설 때문이 아니라 타노스 자작 때문이지요."

"참 나."

막크는 더 할 말을 찾지 못했다. 그때 알비온이 조심스레 운정에게 말했다.

"저 사람이 마스터 막크라는 말이 사실입니까?"

운정은 고개를 끄덕였다.

"맞습니다."

"왜, 왜 숨기고 계셨던 겁니까?"

"괜한 혼란을 초래하고 싶지 않았습니다."

그 말에 안 그래도 불안했던 알비온의 눈빛이 더욱 흔들리기 시작했다. 하지만 여기까지 온 이상 운정을 믿는 수밖에 없었다.

"그, 그렇군요."

떨리는 목소리에선 의구심이 강하게 풍겼다.

운정은 안심하라는 듯 말했다.

"절 계속 믿어 주시길 바랍니다. 알비온 수석 마법사님께서 도와주시지 않으면, 이번 일은 성공할 수 없습니다. 다시 말씀드리지만, 제 자신의 목숨보다 수석 마법사님의 생명을 우선하겠습니다."

이렇게까지 말하니, 알비온은 어쩔 수 없다는 듯 말했다.

"아무래도 마법을 쓸 수 없다 보니 불안감이 사라지질 않는군요. 잠깐이나마 의심해서 죄송합니다, 운정 도사님."

마법사에게 있어 노마나존에 있는 것은, 보통 사람에게 있어 두 팔을 속박당한 것과 같다. 당연하게 여기던 마법을 쓸 수 없으니까.

막크는 그 둘의 눈치를 보다가 말했다.

"이 안에는 기사들이 없습니다. 있어도 미티어 스트라이크 마법을 관리하는 마법사들이겠지요. 그럼 이 앞으로는 잘 헤쳐 나가시길 바라겠습니다."

그가 다시 밖으로 나가려는데, 운정이 말했다.

"마스터 막크께선 저희와 함께하셔야 합니다."

막크는 고개를 갸웃했다.

"전 이 앞으론 더 이상 길을 모릅니다. 제가 맡은 역할은 미티어 스트라이크 시설까지이니, 전 제 할 일을 했습니다."

"전에 말씀하시길, 미티어 스트라이크 시설을 관리하는 마법사 중에 어둠의 마법사가 있기 때문에 여기까지 길 안내를 할 수 있었다고 했습니다. 그런데 정작 이 건물 내부의 정보가 없다니요? 이렇게 급히 떠나는 것이 다소 이해하기 어렵습니다."

막크는 양손을 내저었다.

"정말입니다. 이 앞은 잘 모릅니다. 제가 여러분들을 인도했던 그 길은 사실 이 시설에서부터 롬 밖까지 오가기 위해, 어떤 한 어둠의 마법사가 몰래 뚫어 놓은 길입니다. 전 그에 대한 정보만 받았을 뿐, 이 시설 내에선 어떤 도움도 되지 못할 것입니다."

"마스터 막크."

"……."

일정한 음조에 막크는 말을 삼켰다.

운정이 말했다.

"나중에 이 일이 끝난 후, 타노스 자작에게 갈 때도 길 안내를 하셔야 하니 죄송하지만 이대로 보내 드릴 수는 없습니다."

"이미 안내하지 않았습니까?"

"길을 외웠지만, 확실치 않습니다. 그러니 다시 안내해 주셔야 합니다. 그렇지 않으면 전 약속을 지킬 수 없습니다."

용서하고 생명을 살려 주겠다는 약속을 지킬 수 없다면 그 뜻이 무엇이겠는가?

막크는 꿀 먹은 벙어리처럼 더 말하지 못하고 가만히 있었다.

운정이 알비온에게 말했다.

"미티어 스트라이크 마법진에 가까이 가야 하는데, 혹 그 방향을 인도해 주실 수 있겠습니까?"

알비온이 놀라 되물었다.

"제가요? 어, 어떻게요?"

"안으로 들어가다 보면, 제가 알지 못하는 마법진이나 마법 기구들이 나올 겁니다. 그것들을 보시고 흐름을 파악하여 제게 조언을 해 주시면 됩니다."

알비온은 고개를 끄덕였다.

"하기야, 그를 위해서 이곳에 왔지요."

"그럼 부탁드리겠습니다."

운정은 앞서 걷기 시작했다. 뒤로는 알비온이 따라붙었고, 막크는 한참을 가만히 있다가 곧 하는 수 없이 운정을 따라갔다.

알비온은 정작 건물 안을 누비자 자신감을 되찾았다. 매우 짧은 시간 내에 전문적인 지식을 동원해서 건물 내부에 보이는 마법진들을 모두 해석하여 건물의 중심까지 운정과 막크를 인도할 수 있었다.

그동안 그들은 아무도 만나지 않았다.

건물의 중심은 거대한 구체 모양으로 뻥 뚫려 있는 공간과도 같았다. 그 구체의 표면을 이루는 벽면에 그려진 마법진들은 지금까지 보았던 다른 마법진보다 더욱 세밀하고 정교했다. 그뿐만 아니라 그 위를 어떤 무지갯빛 물질이 이리저리 유영하며 시시각각 다른 도형을 그려내고 있었다.

한눈에 보아도 범상치 않다는 걸 알 수 있었다.

운정과 알비온 그리고 막크는 그 구체에 중심에서부터 뻗어나온 공중다리 끝자락에 서 있었다. 그들이 밟고 있는 그 다리는 중앙까지 이어졌는데, 그곳에는 텅 빈 공간의 삼분의 일 정도 되는 흰색 구가 떠 있었다.

그 흰색 구 표면엔 황금색의 문자들이 주기적으로 번쩍이며 마치 생물의 심장처럼 맥동하는 듯했다.

운정은 그 가장자리에 서서 알비온을 보았다.

“어떻습니까?”

알비온은 눈초리를 모으고 마법진을 유심히 지켜보았다. 그러면서 중얼거렸다.

“보아하니, 건물 내벽에서부터 저 흰색 구체의 표면까지 그려진 모든 마법진들은 오로지 저 중앙에 있는 흰색 구를 보호하고 돕는 역할에 지나지 않는 것 같습니다. 그 돕는 방식을 보면, 확실히 흰색 구 안에는… 엄청난 마법진이 있겠군요. 어찌 보면 델라이 NSMC보다도 더욱 발전된…….”

흰색 구체를 바라보는 알비온의 표정은 거의 황홀감에 젖어 있었다.

운정은 단조로운 목소리로 물었다.

“그럼 미티어 스트라이크 마법을 다루는 시설이 아닙니까?”

이에 막크가 재빨리 대답했다.

“맞습니다. 분명히 이곳입니다. 운정 도사님은 제 말에서 진실을 보실 수 있지 않습니까?”

알비온은 찬찬히 주변 마법진을 살피며 중얼거리듯 말했다.

“그렇다고도 아니라고도 할 수 있습니다. 확실한 것은 저 안에 들어가 봐야 알 듯합니다. 하지만 초월급 마법을 가동할 수 있는 수준의 마법진인 것은 확실합니다. 그러니 아마 미티어 스트라이크 마법도 저것을 통해서 할 것입니다. 다시 말씀드리지만, 정확한 것은 안에 들어가 봐야 압니다."

"그럼, 저 흰색 구체를 파괴하면 되겠군요."

알비온은 즉시 고개를 저었다.

"그것은 안 됩니다. 저 흰색 구체에는 이미 어느 정도 과부하가 걸려 있는 상태입니다. 노마나존 때문에 마법이 시전되지 못하고 있을 뿐, 당장이라도 초월급 마법을 시전하기 직전인 듯합니다. 그러니 지금 저 흰색 구체를 파괴하면 롬 전체가 먼지로 화할 수준의 대규모 폭발이 일어날 수 있습니다."

"그러면 어떠한 방법이 좋겠습니까?"

알비온은 눈초리를 모으더니 다시금 사방을 둘러보며 말했다.

"흰색 구 안에 있는 마법진에서도 그 핵을 파괴하는 것이지요. 이 건물에 그려진 마법진은 하나의 증폭 장치라고 봐도 과언이 아닙니다. 그러니 증폭의 대상인 핵을 먼저 파괴하면 그 이후에는 폭발을 걱정하지 않아도 됩니다."

"그럼 안으로 들어가야 하겠군요."

"예. 하지만 그 안에 들어가는 것 역시도 좋지 못한 생각입니다. 벽면의 마법진에 의해서 외부와 내부가 완전히 단절되어 있습니다. 흰색 구체 위에 마법진을 보니, 공간 자체가 휘어져 있는 것이 분명합니다. 들어가는 건 가능할지 모르지만 나오는 것은 무척이나 어려울 겁니다."

"노마나존에서도 말입니까?"

"노마나존과 상관없습니다."

운정은 슬쩍 고개를 돌려 막크를 보았다.

막크는 초조하게 운정을 바라보고 있다가, 그가 갑자기 자신을 바라보자 이내 시선을 옆으로 돌렸다.

운정은 살짝 웃고는 말했다.

"그렇군요. 알비온 수석 마법사님, 일단 저와 함께 안으로 들어가시죠. 밖에 있으면 위험하니까."

운정은 그렇게 말한 뒤에, 천천히 공중 다리를 통해서 안으로 들어갔다. 그러자 알비온은 당황한 표정을 지었다.

"아, 안에서 나오지 못할 겁니다."

운정은 자신 있게 말했다.

"걱정 마세요. 절 믿으십시오."

이후 운정은 천천히 걸음을 걸어 흰색 구체 앞에 섰다. 그러자 알비온은 하는 수 없이 그의 뒤를 따랐다. 머리로는 절대 안 된다는 생각이 들었지만, 마음으로는 이상하게 안심이 되었다.

운정은 손을 뻗어 흰색 구체의 표면을 만지려 했다. 하지만 아무것도 만져지지 않고 안으로 불쑥 들어갔다. 그럼에도 불구하고 벽을 통과하는 듯한 기분이 들었다. 카이랄의 영역이나 디아트렉스의 영역에 들어갈 때에 느꼈던 그것과 같은 느낌이었다.

운정이 고개를 뒤로 돌리니, 알비온 뒤로 막크가 비릿한 웃음을 짓고 있었다. 그러다가 운정과 눈이 마주치자 표정이 굳더니 왔던 길로 사라져 버렸다.

운정은 그를 쫓기 위해서 팔을 다시 빼려 했다. 하지만 흰색 구체 안에 들어간 운정의 팔은 빠져나오지 못했다. 어떤 힘에 의해서 그런 것이 아니라 공간 자체가 그 팔을 붙잡고 놔주지 않는 듯했다.

"타이지 백작?"

뭔가 이상함을 느낀 알비온이 운정의 이름을 부르며 운정의 시선을 따라 뒤를 보았다. 그러자 막 복도 뒤로 모습을 감추는 막크의 모습을 볼 수 있었다.

"괜찮습니다. 마스터 막크를 크게 신경 쓰지 마십시오."

운정이 이내 안으로 들어가 버리자, 알비온은 당황한 표정을 지었다. 하지만 결국 어쩔 수 없이 그를 따라 들어갈 수밖에 없었다. 밖에 있다가는 무슨 일을 당할지 미지수였기 때문이다.

흰색 구체 안에는 수없이 많은 마법진들이 이리저리 황금빛을 내며 유영하고 있었다. 마치 물속과도 같아 몸이 둥실 떠오르는 듯했다. 하지만 호흡하는 데는 지장이 없었다.

그런데 한쪽에서 사람의 실루엣이 보였다.

운정이 물었다.

"누구십니까?"

실루엣이 고개를 돌려 운정을 보았다.

대략 팔십 세를 넘긴 듯 보이는 노파는 대체적으로 밝은 색의 화려한 복장을 입고 지팡이를 들고 있었다. 특히 그녀가 쓴 모자는 그녀의 머리보다 두 배는 더 컸고, 둥글게 솟아 있었다.

그 노파는 눈초리를 모아 운정을 바라보더니 나지막하게 대답했다.

"프랜신이라고 합니다."

그때 알비온은 그녀를 알아보곤 놀란 목소리로 냈다.

"교, 교황 성하?"

프랜신은 살짝 웃으며 그에게 인사했다.

"아, 얼굴이 낯익다 했더니, 예전에 뵈었던 델라이의 수석 마법사로시군요. 반갑습니다."

알비온은 휘둥그레진 두 눈으로 그녀에게 물었다.

"교, 교황께서 왜 이곳에 계시는 겁니까?"

그녀는 미소를 유지한 채로 말했다.

"포로지요."

"포로요?"

프랜신은 양손을 뻗으며 주변을 가리켰다.

"이곳은 들어오는 건 가능하지만 나가는 것은 불가능합니다. 누군가를 가두기에는 이만큼 좋은 곳도 없겠지요."

그 말에 알비온은 운정에게 다급하게 말했다.

"타이지 백작, 마스터 막크는 우릴 이곳에 가둔 겁니다! 그래서 이쪽으로 인도한 것입니다. 어쩐지 저희를 따라 들어오지 않더니……."

운정은 차분히 대답했다.

"함정이 있다는 건 이미 눈치챘습니다. 하지만 단순히 가두려고 한지는 몰랐습니다. 하기야, 우릴 해하려 했다면 그 살기를 제가 눈치채지 못할 리 없겠지요."

"……."

운정은 말을 이었다.

"이곳이 미티어 스트라이크 마법진인 것은 확실합니까?"

알비온은 초조한 눈길로 주변을 살피고는 말했다.

"흐음, 마법진 자체는 미티어 스트라이크를 위한 마법진으로 보이진 않습니다만, 시전 직전까지 과부하로 걸려 있는 마법은 미티어 스크라이크가 분명합니다. 안에서 보니 확실하군요. 아마 노마나존이 꺼지면 이 마법진들이 발동하여 미티어 스크라이크가 즉시 시전될 겁니다."

"그럼 우선적으로 핵을 찾아 주십시오. 그것을 제거하도록 하겠습니다."

알비온은 한숨을 쉬었다,

"하지만 그렇게 해도 여기서 빠져나가는 것과는 관계가 없습니다. 공간이 휘어져 있는 건 외부의 마법진으로 인한 것이기 때문입니다."

운정은 미소 짓더니 말했다.

"일단 핵을 찾아 주십시오."

너무나 평온한 말투에 알비온은 결국 고개를 끄덕일 수밖에 없었다.

그는 곧 사방에 유영하는 마법진들을 살펴보며 연구하기 시작했다. 그는 NSMC를 직접 다룰 줄 아는 수석 마법사이기에 당연히 미티어 스트라이크 수식도 꿰고 있었다. 때문에 지금 과부하가 걸린 마법진의 원리를 충분히 파악할 수 있었다.

알비온이 완전히 집중하는 것을 본 운정은 교황을 바라보았다.

"전 운정 도사라고 합니다. 중원에서 왔습니다."

그 말에 교황은 반가운 표정을 지었다.

"아, 말씀 많이 들었습니다. 프란시스와 루이스가 많은 이야기를 해 주었답니다, 호호호."

그녀는 마치 티타임을 하는 귀족처럼 부드럽게 웃었다. 표정이나 눈빛 말투 어느 하나 갇혀 있는 사람처럼 보이지 않았다.

운정이 말했다.

“집정관에서 왜 교황님을 가둔 겁니까?”

교황은 턱을 쓸더니 말했다.

“글쎄요. 정치적으로 이용하기 위해서가 아니겠습니까? 많이 쇠퇴했다고 하나 사랑교는 아직 파인랜드 대다수의 문명을 지탱하는 기둥인 만큼, 교황인 저를 붙들고 있어야 정당성이 설 겁니다.”

그녀는 마치 다른 사람의 이야기를 하는 것처럼 태연하게 말했다.

운정이 말했다.

“미티어 스트라이크 마법진의 핵을 부순 뒤에 이곳에서 나갈 겁니다. 그때 같이 나가시겠습니까?”

“글쎄요. 그게 가능합니까?”

“가능합니다.”

운정의 자신감 넘치는 목소리에도 교황은 고개를 저었다.

“가능하다 할지라도 전 여기 남겠습니다.”

운정이 물었다.

“혹 교황 성하께서는 여기 자발적으로 있는 것입니까?”

“그건 아닙니다.”

“그럼?”

그녀는 포근하게 웃었다.

"일단 가볍게 드는 생각은… 제가 여기서 나가는 것보다 나가지 않는 것이 아마 사람이 덜 죽을 것 같아서 말입니다."

"……."

그녀는 눈을 살짝 감으며 말했다.

"이해하지 못하시나 보군요."

"설명해 주실 수 있겠습니까?"

그녀는 고개를 끄덕였다.

"제가 신께 기도하던 중 기사들이 들이닥쳤습니다. 그리고 보호를 명목으로 절 무작정 이끌고 이곳에 넣었지요. 집정관과 황제 간의 갈등이 점차 깊어지는 것이 염려스러웠는데, 그 골이 결국 터졌거니 했습니다. 아니나 다를까, 여기까지 인도되면서 잠깐 봤는데 롬이 아주 쑥대밭이 되었더군요."

"……."

"만약 그 싸움에 제가 휘말려 죽기라도 한다면, 이는 파인랜드 전체에 전쟁의 명분을 주게 됩니다. 사랑교의 교황을 해한 죄인들을 멸하자는 명분 말입니다."

"……."

"그러나 이 전쟁이 끝날 때까지 제가 살아남는다면, 어느 정도 뒷수습이 가능합니다. 제가 직접 조율해서 적당한 선에서 끝내는 것이지요. 그러니 지금은 이 안전한 곳에서 전쟁의 불씨가 사그라들기를 기다리는 편이 좋습니다."

운정은 그녀를 바라보다가 나지막하게 물었다.

"사랑교는 파인랜드 전체에 영향력을 미칠 수 있는 가장 강력한 집단이 아닙니까? 그곳의 수장이면서 왜 전쟁이 끝나기만을 기다리며 가만히 있습니까? 제가 당신을 꺼내 드릴 테니, 사랑교 전체에 칙령을 내려서 이 전쟁이 더더욱 확산되는 것을 막으십시오."

프랜신은 웃으며 말했다.

"힘을 힘으로 꺾는다면 더욱 큰 화를 자초할 뿐입니다, 운정 도사님. 사랑교는 그렇게 힘을 행사하지 않습니다."

"그럼 어떻게 합니까?"

"그 이름에 있지 않습니까? 사랑입니다."

"사랑이요?"

운정은 이해할 수 없다는 표정을 지었다.

프랜신은 고개를 살짝 돌려 옆을 바라보며 중얼거렸다.

"전쟁터가 된 롬에는 수많은 사람들이 다쳤을 겁니다. 사랑교의 사제들은 이들을 치료하고 돌보는 데 전심을 쏟고 있겠지요. 제가 칙령을 내려 전쟁을 막자 한다면, 그들은 누가 돌보겠습니까, 운정 도사님?"

운정은 단호하게 말했다.

"전쟁을 멈추지 않으면 더 많은 희생자가 생길 겁니다."

"그것은 모르는 일입니다. 하지만 아는 일이 있다면, 당장 고통을 당하는 사람들이 있다는 것이지요. 그리고 그들을 사랑으로 돌보는 것이 사랑교도의 의무입니다. 그 기본적인 의무를 저버리며 더 큰 목적을 이루겠다 말한다면 그건 기만 아닙니까?"

"하지만 전쟁으로 인해서 계속해서 생기는 희생자들을 끊임없이 돌보는 것보다는 전쟁 자체를 멈추는 것이 합리적입니다."

"사랑은 합리적이지 않습니다, 운정 도사님."

"……."

그녀는 눈길을 돌려 다시 운정을 보았다.

"그리고 칙령을 내린다 해도 움직일 사람이 없습니다. 사랑교도 누구 하나 제가 명령해서 사랑을 베풀고 있는 것이 아닙니다. 성서에 기록된 대로 신을 사랑하기에 사랑을 베푸는 겁니다. 그러니 그런 그들에게 제가 이래라저래라 할 수는 없습니다."

운정은 고개를 저으며 말했다.

"그래도 여기 이렇게 앉아 계신 것보다는 할 일이 많을 겁니다."

그녀는 눈길을 살짝 위로 올렸다. 그러곤 다시 운정을 바라보며 말했다.

"글쎄요. 만약 그랬다면 왜 신께서 절 이곳에 갇히게 하셨을까요?"

"……"

운정은 할 말이 없었다. 신이 왜 그녀를 갇히게 했냐니.

그 질문은 신 본인이 아니고서야 그 누구도 대답할 수 없을 것이다.

하지만 그녀는 마치 안다는 듯 나지막하게 말하기 시작했다.

"나이가 팔십을 넘어가니까요. 뭐든 잘 안 됩니다. 옛날에는 수월하게 했던 것들도 이젠 하나하나가 다 일이에요. 한 십 년 전만 해도 매일 밤 신께 기도드리며 언제나 행복한 아침을 맞이하곤 했지요. 하지만 교황이 된 이후로는 오히려 기도를 더 안 하게 되었습니다. 이상한 일이지요."

루이스는 기도가 명상과도 비슷하다고 했었다.

그녀가 기도를 쉬는 것은 마치 무림인이 내공을 운용하지 않는 것과 같은 것이다.

운정이 물었다.

"나이가 들어서 기도를 쉬게 되었다는 말씀이십니까?"

프랜신은 씁쓸한 미소를 지었다.

"설마요. 나이가 들어 기도를 쉬었다는 건 그냥 변명을 한 것뿐입니다."

"그럼?"

그녀는 손을 들어 모자를 만지작거렸다.

"아무것도 몰랐을 때는 그저 순수하게 신을 사랑할 수 있었습니다. 하지만 이 무겁고 거추장스러운 모자를 매일 머리에 쓰다 보니 이 세상이 얼마나 잘못되었는지, 또 얼마나 악한지 알게 되었지요. 그러다 보니 내가 과연 기도한다고 해서 이 현실이 얼마나 바뀔까 하는 의심이 생겼습니다. 그리고 그 생각을 도저히 떨쳐 낼 수 없더군요."

운정은 작은 미소를 지었다.

"그것을 자각하신 것만으로도 이미 반은 해결한 것 같습니다."

"그렇죠. 신께서는 참 자비로우십니다. 제가 신으로부터 도망쳐도, 이렇듯 기도할 수밖에 없는 상황을 만드시어 다시금 기도의 자리로 돌아오게 하시지 않습니까? 먼지와도 같은 제가 뭐라고, 멀어지는 것을 허락지 않으시고 곁에 두시는지 모르겠습니다."

운정은 프랜신이 지금 처음 질문의 답을 준 것임을 깨달았다.

그것은 참으로 간접적이면서도 전체를 아우르는 듯한 묘한 말투였다.

운정이 직접적으로 물었다.

"그럼 당신의 신께서 당신을 이곳에 가둔 이유는 당신으로 하여금 다시 기도하게 하시기 위해서라는 것입니까?"

프랜신은 잠시 고민했다.

그러다 느리게 고개를 끄덕였다.

"물론 그분의 뜻은 다 알 수 없는 것이지만, 그런 듯 보입니다. 확실히 여기서 아무것도 할 것이 없으니, 결국 기도를 하게 되더군요. 손을 모으고 신을 부르는데 어찌나 어색하던지… 정말 너무나 부끄러웠습니다. 황제와 귀족들 앞에서 마치 문자를 읽는 인형처럼 기독문을 낭독하던 걸로 그동안 기도를 해 왔다 합리화한 자신이 수치스러웠지요."

"……."

"한 번 신의 이름을 부르니 마음에 쌓여 있던 모든 의심이 입 밖으로 쏟아졌습니다. 그제야 알게 되었지요. 제가 지금까지 기도하지 않은 진짜 이유는 마음으로 품은 의심들을 감히 신께 토해 낼 수 없었기 때문입니다. 악취를 풍기지 않기 위해서 혀를 붙잡고 입을 틀어막으니 말을 할 수 있을 리가 없지 않습니까?"

"……."

"수없이 많은 질문들을 했습니다. 왜 세상은 이리도 악한지. 왜 나에게 이것을 보게 하시는지. 이 작은 공간에서 내게 무엇을 바라는지. 어떻게 세상을 운용하시는지. 이 모든 것을 쏟아 내고 또 쏟아 냈지요."

운정은 그녀와 시선을 마주치며 물었다.

"신께서는 뭐라고 하셨습니까?"

그녀는 옅은 웃음을 지었다.

"잠잠하라고 하셨지요."

"잠잠하라?"

그녀는 웃었다.

"예. 알아서 할 테니 가만히 있으라고 하셨습니다."

"……."

"과거에도, 현재에도, 미래에도, 신께서는 누구의 도움도 필요치 않으시고 알아서 하셨다며… 그러니 가만히 앉아 세상이 어찌 운용되는지 보라 하셨습니다."

운정은 눈초리를 모았다.

"그럼 당신의 신께서는 아무것도 하지 말라 말했다는 겁니까?"

"적어도 제게는 그렇게 말씀하셨습니다."

"……."

"그래서 전 더더욱 이곳에서 나가지 않고 조용히 기도를 계속할 예정입니다."

운정은 뚫어지도록 그녀를 바라보았다. 그러다가 결국 나지막하게 말했다.

"솔직히 말씀드리지요. 전……."

"믿기지 않으신다고요?"

프랜신은 운정의 말을 자르며 물었다.

운정은 고개를 끄덕였다.

"그렇습니다. 제 생각에 신은 존재하지 않거나, 존재해도 능력이 없거나, 능력이 있어도 알지 못하거나, 알고 있어도 악합니다. 그렇기에 이 세상이 부조리하며 악한 것입니다. 그런 신을 어찌 믿을 수 있습니까?"

그 말에 프랜신의 두 눈동자가 살짝 커졌다.

"오? 저희 사랑교의 교리를 좀 아시나 보군요."

운정이 대답했다.

"그렇습니다. 사랑교에선 신이 전능하며 전지하며 전선하다고 하지요. 하지만 그렇다면 이 세상에 왜 악이 있겠습니까? 이해할 수 없습니다."

"신의 뜻이 인간의 이해 범주 안에 있다면, 그분은 애초에 신이 아닐 겁니다."

"그럼 눈을 가린 채로 그저 믿기만 하는 겁니까? 왜 그러한 악을 허락했는지도 모른 채 악에 의해 희생당한 이들을 사랑으로 돌보기만 하는 겁니까? 또한 이 자리에서 가만히 앉아 기도하면서 그저 좋은 일이 일어날 거라 막연하게 기대하는 겁니까?"

"그렇습니다."

"어째서 그렇습니까?"

"그것이 신을 사랑하는 길이기 때문입니다. 그리고 우리는 마땅히 신을 사랑해야 합니다."

운정은 과거 루이스와 나누었던 대화를 떠올렸다.

그가 물었다.

“사람이 신을 어떻게 이해할 수 있으며 또한 그 신의 사랑은 어떻게 받아들여야 합니까? 전에 루이스 사제가 말하기를 인간은 신의 피조물인 광활한 하늘과 바다조차 이해하지 못한다고 합니다. 그리고 그 말은 사실입니다. 전 중원에서 말하는 입신이란 경지에 이르렀습니다. 신의 경지에 막 들어선 것입니다. 하지만 저 또한 모든 것을 이해할 수 없습니다, 아니, 이해하기는커녕 오히려 모르는 것이 더 많아졌습니다. 그런데 어떻게 신을 이해할 수 있으며, 그를 사랑할 수 있습니까?”

프랜신은 조용히 대답했다.

“바다를 사랑하기 위해서 바다를 이해할 필요는 없습니다, 운정 도사님. 바닷사람들이 바다를 전부 알기에 바다를 사랑하는 것이 아니지요.”

“…….”

“물론 운정 도사님의 말이 무슨 뜻인지는 압니다. 하지만 신의 입장을 생각해 보세요. 신은 인간이 자신을 이해하지 못하도록 만들어 놓고 자기를 이해하고 사랑하라 할 수 없습니다. 하지만 인간이 이해할 수 있다면 신이 아니겠지요. 왜냐하면 인간의 이해의 범주 안에 있는 것이 어찌 신일 수 있겠습니까? 만약 운정 도사님이 신이라면 이 딜레마를 어떻게 해결하시겠습니까?”

운정은 고개를 저었다.

"모릅니다. 사랑교의 신은 어떻게 해결했습니까?"

"성서에 이르기를 희생하겠다고 하십니다."

"예?"

프랜신은 깊은 미소를 지었다. 그러곤 나지막하게 말했다.

"한 나라의 장군이 있었습니다. 그는 침공해 오는 적들을 막기 위해서 위대한 전략을 짰습니다. 하지만 그 전략은 너무나 뛰어나서 병사들은 도저히 이해할 수 없었습니다. 병사들에겐 그저 자살행위로밖에 보이지 않았지요. 아쉽게도 병사들의 지적 수준으로는 위대한 전략을 절대 이해할 수 없었습니다. 그래서 장군은 병사들의 믿음을 얻기 위해서 자신이 사랑하는 노예를 그 전략의 선봉장으로 보냈습니다. 일부는 그것을 보고 장군을 믿었지만, 거의 모두는 여전히 믿지 않았습니다. 그래서 자신들을 이끌고 나가려는 그 노예를 잡아다 죽였습니다."

"……."

"장군은 이번엔 자신이 사랑하는 부하를 선봉장으로 보냈습니다. 이에 어느 정도는 장군을 믿었지만, 대다수는 여전히 믿지 않았습니다. 그래서 자신들을 이끌고 나가려는 그 부하를 잡아다 죽였습니다. 장군은 마지막으로 그는 자신이 가장 사랑하는 아들을 선봉장으로 보냈습니다. 그제야 사람들은 장군을 믿었습니다만, 여전히 믿지 않는 사람들이 있었지요. 그들은 끝까지 장군의 전략을 도저히 이해할 수 없다며 따를 수 없다고 했습니다. 때문에 그 아들을 잡아다가 죽이곤 전략에 따르지 않았습니다. 이젠 아쉽게도 장군에게는 더 보낼 사람이 없었습니다. 그 때문에 장군은 자신의 노예와 하인 그리고 아들을 죽인 이들을 잡아다가 옥에 가두고, 다른 이들을 이끌고 직접 전장에 나갔다고 합니다."

"……."

"전지, 전능, 전선한 신은 가장 선한 방법으로 이 세상을 운용합니다. 하지만 그 뜻은 너무나 위대해서 이 세상에 살고 있는 인간은 도저히 이해할 수 없습니다. 인간들이 보기에 신이 세상을 운용하는 방식은 너무나 고통스럽고 또 부조리했기 때문입니다. 하지만 그것은 애초에 인간이 이해할 수 있는 범주에 있지 않습니다. 범주에 있다면 신은 신이 아니게 되지요. 그래서 신은 인간들에게 자신의 선의를 드러내기 위해서 그 운용 속에 자신이 가장 사랑하는 사람들을 희생하리라 마음먹었습니다. 인간은 여전히 신의 뜻을 이해하지 못하지만, 적어도 그런 신의 희생을 보고 그의 선의를 믿을 수 있을 테니까요."

"……."

"이를 위해서 그는 지금껏 자신이 사랑하는 노예를 희생시켰습니다. 그래도 사람들은 믿지 않았습니다. 그래서 그는 이

제 자신의 하인들을 희생시킵니다. 하지만 여전히 사람들은 믿지 않고 있지요. 앞으로는 그가 사랑하는 아들들을 희생시키실 겁니다. 그럼에도 사람들은 여전히 믿지 않겠지요."

"……."

"신께서는 그가 사랑하는 이들을 희생함으로 그가 이 세상을 자신의 이익이나 욕심 때문에 운용하지 않는다는 것을 지금까지도 증명하셨습니다. 지금까지 사랑하는 노예들을 희생시키셨다면 지금은 사랑하는 하인들을 희생시키며 앞으로는 그의 아들들을 희생시킬 겁니다."

"……."

"전지, 전능, 전선한 신이 왜 이 땅 가운데 악을 허락하시는지는 저도 알지 못합니다. 그것을 이해한다면 제가 신이겠지요. 다만 제가 아는 것은 신께서는 스스로가 허락한 악으로 인한 고통을 피조물과 함께 감내하시어 그것을 허락한 선의를 드러내신다는 점입니다. 이를 위해 의가 고통받고 선이 죽임을 당하는 것입니다. 사랑교는 그러한 신의 약속을 믿습니다. 그로 인해 신을 사랑할 수 있게 되리라 믿습니다."

"……."

"제 기도에 응답치 않으시고 계속해서 잠잠하라는 신께서는 머나먼 중원으로부터 당신을 보내셔 이 일을 감당하게 하셨습니다. 이를 보아도 명백하지 않습니까? 당신을 보기 전까지 전 신의 음성을 듣고자 노력하고 불평하고 또 원망했지만, 당신을 보고 나니 그 모든 시간들이 허탈할 뿐입니다."

운정은 침묵을 지킨 채 프란신을 보았다.

그녀의 말은 대부분은 이해할 수 없었지만, 묘하게도 마음 속 깊이 남았다.

그때 알비온이 큰 소리로 말했다.

"핵을 찾았습니다!"

운정은 알비온에게 고개를 돌렸다.

"어떤 것입니까?"

알비온은 한쪽으로 손을 뻗었다.

"저쪽에 있는 글자입니다. 보이십니까?"

그가 가리킨 방향에는 적어도 수십 개의 황금빛 문양들이 둥둥 떠다니고 있었다.

운정이 되물으려는 그때, 갑자기 대자연의 기운이 피부에 느껴졌다. 노마나존이 사라진 것이다.

이를 동시에 느낀 알비온과 운정은 서로를 바라보았고, 이내 각자의 감각이 잘못된 것이 아니라는 확신을 얻었다.

그런데 그때, 흰색 구체 내부에 있던 모든 문양과 문자들이 눈이 부시도록 황금색으로 빛나기 시작했다. 운정은 그것을 한눈에 담아보면서 문양 사이에 흐르는 마법의 원리를 순식간에 파악했고, 덕분에 알비온이 가리킨 핵이 무엇인지 대번에 알 수 있었다.

운정은 앞으로 손을 뻗었다. 그러자 그의 등 뒤에서 영령혈검이 저절로 뽑혀, 그 핵을 이루는 문양을 향해 날아갔다. 그것은 영령혈검이 닿기 직전, 황금빛을 살짝 잃어버렸는데, 그 끝에 닿자마자 산산조각이 나며 사방으로 비산했다.

알비온의 표정이 절망으로 물들었다.

"느, 늦었습니다."

"……."

"미, 미티어 스트라이크 마법이 이미 시전되었습니다."

운정은 오른손을 앞으로 뻗었다. 그러자 영령혈검이 그의 손으로 돌아왔다. 그는 공중 다리 쪽으로 검을 휘둘렀고, 그러자 검강이 출수되어 흰색 구체의 표면을 찢어 버렸다.

이를 본 알비온의 두 눈이 뽑혀 나갈 듯 부릅뜨였다.

"고, 공간을……."

운정이 나지막하게 말했다.

"방금 마법이 시전되는 것을 보고 구체 속 마법진의 원리를 모두 파악했습니다."

알비온의 고개가 느릿하게 움직여 운정을 바라보았다.

"설마, 오딘 아이(Odin Eye)?"

운정은 영롱함이 가득한 두 눈으로 주변을 둘러보며 말했다.

"이것은 단순히 미티어 스트라이크를 위한 마법진이 아닙니다. 모든 마법진의 순수한 형태인 더 서클(The Circle)로, 그저 미티어 스트라이크 마법을 시전한 것에 불과합니다."

"……."

"핵을 부수지 않았다면 이것을 역이용할 수 있었을 텐데 아쉽습니다."

알비온은 마른침을 삼켰다.

"이, 일단은 어서 나가야 합니다. 유성이 도착하기까지 하, 한 시간밖에 남지 않았습니다. 노마나존이 언제 다시 펼쳐질지 모릅니다. 지금 가야 합니다."

운정은 미소를 짓더니 말했다.

"아닙니다. 남겠습니다."

알비온은 믿을 수 없다는 표정을 지었다.

"남으시겠다고요? 설마, 델라이에서처럼 유성을 막으시려는 건 아니겠지요?"

"그럴 겁니다."

알비온은 고개를 여러 차례 저었다.

"도시에 거의 당도한 유성을 베어 봤자, 의미가 없습니다. 저 멀리 대기권 밖에서 유성을 그 중심에서부터 폭발시켜야 그나마 희망을 품을 수 있습니다. 이를 위해선 스페라 백작님을 불러야 하는데 언제 또 노마나존이 펼쳐질……."

그때였다.

롬에 존재하는 모든 대자연의 기운이 다시금 멈춰졌다.

운정이 중얼거렸다.

"노마나존을 다시 시전했군요."

알비온은 단호한 표정으로 말했다.

"일단은 밖으로 나가야 합니다, 운정 도사님. 유성을 막고자 하셔도 일단은 롬 밖으로 나가야지 스페라 백작과 연락을 취할 수 있을 겁니다."

"……."

다급한 소리에도 운정은 턱에 손을 올리고 깊은 생각에 빠져 있었다.

알비온은 소리쳤다.

"운정 도사님!"

그제야 운정은 그를 보았다.

"네 번입니다."

"예?"

"미티어 스트라이크 마법이 한 번 시전된 것이 아니라 네 번 시전되었습니다. 아마, 제가 델라이에서 유성을 막았다는 사실을 적들도 알고 있는 것이겠지요. 과연 모든 마법진의 순수한 형태인 더 서클이로군요. 막대한 쿨 다운이 있었을 텐데."

"……."

"아무리 스페라라도, 네 개의 유성들을 모두 폭발시킬 수는 없을 겁니다."

알비온은 입을 살짝 벌렸다. 그는 떨리는 목소리로 말했다.

"그, 그러면 어, 어쩔 수 없습니다. 우, 우리라도 델라이로 돌아가야 합니다."

운정은 턱에서 손을 떼며 나지막하게 말했다.

"확률은 작지만, 막을 수 있는 방도가 있을 것 같습니다."

"예?"

"전 그것을 시험해 볼 생각입니다. 잠시 절 믿어 주실 수 있겠습니까? 곧 노마나존을 무력화시키겠습니다. 그때 공간이동을 하실 수 있게 될 겁니다."

알비온은 이해할 수 없다는 듯 멍한 표정을 지었다.

그때 운정이 고개를 돌려 프랜신을 보았다.

"교황 성하께서도 저와 함께하시지요. 알비온 수석 마법사님과 같이 떠나시면 됩니다."

프랜신은 고개를 저었다.

"말씀은 고마우나, 전 이 자리를 지키겠습니다."

운정은 단호하게 말했다.

"유성을 막을 확률은 매우 낮습니다. 그뿐만 아니라, 제 생각대로라면… 이곳에 있다간 무조건 헛된 죽음을 맞이하게 될 겁니다."

그녀는 웃었다.

"확률이요? 죄송하지만 제겐 이 세상에 확률이란 존재하지 않습니다. 모든 것은 전능하신 신의 손아귀 안에 있지요. 그리고 그분께서는 제가 잠잠히 있기를 원하십니다. 전 그분께서 하시는 일을 이곳에서 지켜볼 겁니다."

"헛되이 죽으실 겁니다."

"기도해 드리겠습니다, 운정 도사님. 당신의 계획이 성공하길 바랍니다."

"……."

그렇게 말한 그녀는 눈을 감았다.

그리고 처음 봤던 그 자세로 가만히 웅크렸다.

화려한 옷도 그 가냘픈 몸을 다 가리진 못했다.

하지만 어떤 태풍이 와도 움직이지 않을 듯했다.

운정은 한참을 그녀를 보다가 결국 몸을 돌릴 수밖에 없었다.

그는 찢어진 흰색 구체 표면을 통해서 공중다리로 나왔다.

알비온이 그를 쫓아 나왔는데, 운정이 그에게 말했다.

"노마나존은 본래 이토록 광범위한 공간에 사용할 수 없는 것입니다."

"그렇습니다. 무척이나 어려운 마법이지요. 왜, 한 달 전쯤에 델라이 외곽에서 직접 실험까지 하지 않았습니까? 타이지 백작께서 직접 천마신교 인물들과 함께 저지하셨지요."

운정은 고개를 끄덕였다.

"제 기억이 맞는다면, 당시 일을 꾸민 이는 집정관이었습니다. 머혼 백작이 델라이의 섭정이 되었기에 그를 견제한 것이었지요. 머혼 백작도 이를 상당히 껄끄러워했었습니다. 그러니 노마나존을 황제가 펼치고 있다는 말은 사실이 아닙니다."

알비온이 고개를 갸웃했다.

"그럼 미에느 공주가 거짓말을 했다는 겁니까?"

운정은 고개를 저었다.

"아닙니다. 그녀는 거짓말을 하지 않았습니다."

"그럼 어떻게?"

"그녀도 잘못 알고 있었던 것입니다. 아마 집정관은 이미 황제 쪽을 완전히 장악했을 겁니다. 그리고 그쪽을 통해서 미에느에게 소식을 전한 것입니다. 때문에 미에느는 그것이 진실이라 생각했을 것이고."

운정은 그렇게 말한 뒤, 갑자기 손을 오른쪽으로 뻗었다. 그러자 영령혈검이 그의 손에 잡혔는데, 운정은 그와 동시에 물 흐르듯 그것을 휘둘렀다. 그러자 바람으로 이루어진 검강이 앞 쪽에 있는 벽면에 깊게 파고들었다.

그리고 그 바람이 갑자기 꺼지면서 그 중심으로부터 화염이 치솟았다. 그 화염은 일순간 터져 나가며, 그 벽면을 모조리 무너뜨렸다.

운정은 태연하게 손을 뻗으며 그의 앞에 바람의 벽을 만들었다. 그러자 폭발로 인해 튕겨져 나오는 모든 것이 바람의 벽에 가로막혀 아래로 떨어졌다.

알비온은 뻥 뚫린 복도를 보며 어이없다는 듯 말했다.

"노, 노마나존 안에서 무, 무공이 가능한 겁니까?"

운정은 대답하지 않고 안으로 걸어 들어갔다.

뻥 뚫린 벽면 뒤로는 또 다른 공간이 있었다. 그곳에는 다수의 마법사들이 서로로부터 멀리 떨어져 있었는데, 모두들 지팡이를 높게 들고 있었다. 높게 들린 지팡이는 노마나존을 더욱더 광범위에 펼쳐지도록 하는 역할을 하고 있었다.

그들이 당황한 표정으로 벽을 뚫고 온 운정을 보자, 운정이 말했다.

"당신들을 죽이지 않겠습니다. 그러니 노마나존의 중심지로 가는 방향을 알려 주십시오."

마법사들은 모두 당황한 표정을 짓고 있었지만, 그들 중 한 사람도 말하지 않았다.

운정은 손가락을 살짝 돌렸다. 그러자 영령혈검이 공중에서 한 바퀴 휙 돌았는데, 그에 맞춰 뿜어진 검기가 그 방에 있던 마법사들의 지팡이 끝을 모조리 잘라 냈다.

"……."

"……."

운정이 다시 말했다.

"어디로 가면 됩니까?"

마법사들은 서로 눈치를 보다가 이내 한 마법사가 말했다.

"저, 정말로 살려 주실 겁니까?"

운정이 대답했다.

"저에 대해서 잘 아시리라 믿습니다."

이에 마법사들의 사이에서 묘한 분위기가 흐르기 시작했다.

그들은 운정의 말대로, 운정에 대해서 익히 들어 알고 있었다. 사실대로 말한다면 살려 줄 것이라는 믿음이 모든 이의 마음속에서 피어났다.

그들 중 가장 용기 있는 사람이 먼저 말했다.

"저, 저쪽 방향으로 300m 정도 가시면, 지하로 가는 계단이 나옵니다. 가장 최하층으로 내려가시면 됩니다."

운정은 고개를 끄덕였다. 그러곤 그쪽으로 걸어가며 말했다.

"신무당파는 곧 알테시스를 앞세워 어둠의 마법사 모두를 평정할 것입니다. 그때가 되면 지혜로운 판단을 하여 차후 불상사를 당하는 일이 없기를 바랍니다."

"……."

"……."

숨 막힐 듯한 침묵 속에서 운정은 당당히 걸어 마법사가 말해 준 계단 앞까지 갔다. 그 계단은 어둠에 삼켜져 있는 듯했다. 운정이 거침없이 들어가자, 알비온은 얼른 그를 쫓아가며 말했다.

"그럼, 미에느 공주도 속은 것이로군요."

저벅저벅.

운정은 천천히 계단을 내려가며 말했다.

"그렇습니다. 그토록 영리한 미에느 공주도 황제의 증표를 보고는 두말하지 않고 믿었습니다. 다시 말하면, 그 증표는 황제 본인이 아니면 절대 가질 수 없는 것이며, 빼앗겼다면 어차피 희망이 없다고 생각할 수준으로 중요한 것이지요. 한데 이를 집정관이 손에 넣었다면 황제는 이미 이 세상이 사람이 아닐 것입니다."

"……."

"아마도 어둠의 마법사들이 집정관의 편을 든 것이 영향이 컸을 겁니다. 황제도 집정관도 그들의 도움을 일정 부분 받았던 것으로 보였으니까요."

이에 알비온은 의문이 생겼다.

"그럼 왜 집정관에서 노마나존을 펼치고 또 소규모 미티어 스트라이크 마법을 네 번이나 시전한 겁니까? 뭐 하러 그런 연극을 한 이유가 무엇이겠습니까? 혹 연합군이 롬에 들어온 것일까요?"

운정은 나지막하게 대답했다.

"아닐 겁니다. 미에느 공주는 그렇게 무모한 사람이 아닙니다."

"그럼?"

"자세한 내막은 알지 못하나, 마스터 막크는 스페라 백작까지도 곤경에 몰았던 사람입니다. 이번 무대를 누구를 위해 준비했는지는 다소 알기 쉽습니다."

알비온은 깨달았다.

이 모든 것은 결국 운정, 한 사람을 위해 만든 무대인 것이다.

그가 말했다.

"그, 그럼 마스터 막크는……."

"예, 절 그 흰색 구체에 가두고 미티어 스트라이크 마법을 여러 번 시전하여 절 죽이려고 한 것입니다. 노마나존 속에서 유성을 네 번 맞는다면, 저라도 살아남을 수는 없겠지요."

알비온은 격한 숨을 짧게 내쉬고는 말했다.

"왜, 왜 다 아시면서 당해 주신 겁니까?"

운정이 말했다.

"그때까지는 추측에 불과했기 때문입니다. 하지만 최하층에 가서 노마나존의 중심을 보면 그 추측이 진실인지 아닌지 정확히 알 수 있게 되지요. 확실한 증거가 있을 테니까요. 그리고 그것을 보고 나면, 전 막크를 심판할 수 있습니다."

"……."

"그는 몰랐겠지요. 설마 제가 흰색 구체 밖으로 나올 수 있었을지는. 제가 들어가는 순간 계획이 성공했다고 안심했을 겁니다. 그래서 그렇게 웃은 것이겠지요."

"……."

"거의 다 온 것 같군요."

계단의 마지막은 짧은 복도로 이어졌다. 그리고 그 복도는 왼쪽으로 꺾여 있엇는데, 꺾인 곳에서 강렬한 불빛이 새어 나오고 있었다. 그뿐만 아니라, 여러 명이 주문을 읊조리는 소리가 끊임없이 들렸다.

운정은 당당한 걸음으로 그 안에 들어갔다.

그곳은 천마신교 대전보다 두 배 이상은 거대한 동공이었다.

동공의 가장자리에는 이십여 명의 마법사들이 지팡이를 높게 들고 주문을 외우고 있었다.

그 중심에는 두 앞발을 모으고 눈을 감고 있는 거대한 드래곤이 있었다.

『천마신교 낙양본부』 23권에 계속…